魔女と王子の契約情事

登場人物紹介
デメトリオ
エンランジェ王国の第三王子。
「誠実の騎士」と呼ばれる
真面目で紳士的な美丈夫《びじょうふ》。
何者かに殺されるも、
魔法で生き返る。
エヴァリーナ
「博識の魔女」の
二つ名を持つ凄腕の魔女。
気は強いが情に厚く、意外と初心《うぶ》。
王命を受け、死んだデメトリオを
生き返らせることに。

アドルフォ
エンランジェ王国の若き王。
デメトリオの兄。
愛妻家で若干腹黒。
セレナ
エンランジェ王国王妃。
優しく慈愛に満ちた賢妃。
リオネロ
エヴァリーナの弟子で
兎《と》人《じん》族《ぞく》の少年。
勉強熱心で
素直なしっかり者。
ステラッリオ
エンランジェ王国の王太子。
デメトリオの兄で、
おっとりしたクセモノ。
パオラ
王太子妃。
少女のように可愛らしいが
一児の母。

目次

プロローグ　王子様、死にました　7
1　王子様、生き返りました　12
2　王子様、探偵です　60
3　王子様、結婚したくありません　111
4　王子様、魔女はあなたに感謝しています　141
5　王子様、子供はおんぶが好きです　167
6　王子様、犯人は誰ですか？　216
エピローグ　魔女と王子の結婚　292

プロローグ　王子様、死にました

森の奥で、ひっそり暮らす一人の魔女。彼女の名は、エヴァリーナ・シーカという。

黒髪に若草色の瞳を持つ平凡な顔立ちの娘だが、その力は他に類を見ない非凡さだった。その強い力故《ゆえ》に他の魔女からのやっかみも大きく、彼女は人里離れた森の奥で暮らしている。

そんな彼女のもとに、ある日突然、国王の使者が現れた。そして、彼女は着の身着のまま王宮に連行されたのである。

エヴァリーナにできたことといえば、兎人族《とじんぞく》である弟子《でし》のリオネロの長い耳を引っ掴《つか》み、一緒に連れて来たことくらいだ。

常ならば、こんなことは絶対にあり得ない。エヴァリーナは城内のピリピリした気配を感じながら、ただならぬ事態であることを察知した。

すぐさま謁見《えっけん》の間に通された二人は、国王と対面する。

「そなたが博識の魔女・エヴァリーナか」

まさか国王が自分の二つ名を知っているとは思わず、エヴァリーナの肩がびくりと震えた。

目の前の玉座には在位十年目を迎える、エンランジュ王国国王・アドルフォが座っている。齢《よわい》三十一歳の国王は、金の髪に青い瞳をした美丈夫《びじょうふ》だ。彼は、エンランジェという富国を円熟に向かわせた賢君と言われている。

アドルフォは、視線を真っ直ぐエヴァリーナに向けて静かに口を開いた。

「そなたは異世界から召喚《しょうかん》ができるそうだな」

「……」

エヴァリーナは表情こそ変えなかったが、背中に汗が伝うのが分かった。

異世界からの召喚《しょうかん》――そのような奇跡を起こせる〝魔女〟は、王国広しといえどもエヴァリーナくらいだろう。

だがその実、エヴァリーナの召喚《しょうかん》は異世界から気に入った物を取り寄せる程度のものだった。

そもそも異世界と言っても、こちらより文化の発達した世界だということしか分からないのだ。

まさか異世界から、勇者を召喚《しょうかん》しろなどという到底無理なことを言われるのではないかと身構えた瞬間、アドルフォはまったく予想外のことをエヴァリーナに問うた。

「異世界にさえ手を伸ばせる魔女ならば、人の命もその手に戻せるか？」

「は……？」

言われていることが理解できずに、思わずエヴァリーナは顔を上げた。貴人の顔を直接見ることは不敬と取られる。だが、それを咎《とが》めることなく、アドルフォははっきりとエヴァリーナに命《めい》じた。

「魔女エヴァリーナ。その力をもって、死んだ人間を生き返らせよ」

「お、恐れながら国王陛下……そのような命の理《ことわり》を無視した魔法は……」

死んだ人間を生き返らせるなど、さすがのエヴァリーナだってしたことはない。

「異世界に通じるそなたであれば、人を生き返らせる魔法も知っているのではないか？」

（そんな無茶な！）

異世界と死後の世界を一緒にするなと、心の中でエヴァリーナは叫んだ。だが、アドルフォの目はどこまでも真剣だった。

じわり、とエヴァリーナの額《ひたい》に脂汗《あぶらあせ》が滲《にじ》む。

どうしようもなく嫌な予感がした。

「我が弟であるデメトリオが、昨晩何者かによって殺された」

「っ！」

エヴァリーナの横で縮こまっていたリオネロの耳が、ビッと伸びた。エヴァリーナに長い耳があったなら、きっと同じような反応をしていただろう。

それ程、アドルフォが口にしたことは衝撃的だった。

「デ、デメトリオ殿下が……ですか……」

この国の王家は三人兄弟だ。長子であるアドルフォが国王となり、次男と三男が文武の立場でそれを支えている。アドルフォ同様に二人の弟も聡明で、彼の治世は盤石《ばんじゃく》だと言われていた。

それが何をどうして、弟王子の死――しかも殺人という衝撃的な事態になっているのか。

「犯人は未だ見つかっていない。そなたには、一刻も早くデメトリオを生き返らせてもらいたい」

アドルフォが国王としてエヴァリーナにそう命《めい》じる。だが、その内容はどう考えても無理としか言いようがないものだ。

「お、恐れながら国王陛下……もう一度お聞かせください」

不敬だとは思ったが、それでも確かめずにはいられなかった。

「うむ。なんだ？」

「本当に……デメトリオ殿下がお亡くなりになったのですか？」

エヴァリーナは、震える声で問いかける。

アドルフォは片眉をわずかに持ち上げ、怪訝《けげん》そうな顔でエヴァリーナを見下ろす。そして、再びはっきりと告げた。

「ああ。デメトリオは背後から首を刺されて絶命した」

一瞬で、サアッと血の気が引いていく。

目の前が真っ暗になり、貧血のような立ちくらみを感じたが、エヴァリーナはすんでのところでよろめくのを堪《こら》えた。

(デメトリオ殿下が死んだ――!?)

エヴァリーナはデメトリオに会ったことはない。だが、彼のことはとてもよく知っていた。

それは、彼が自国の王子だったという理由からだけではない。

エヴァリーナは、彼に対して一方的に強い思い入れがあったのだ。もしデメトリオに会うことができたら、どうしても一言伝えたいことがあった。

その相手が死んでしまったという事実に、例えようもない喪失感を覚える。

「エヴァリーナ様……」

エヴァリーナの動揺に気づいたリオネロが、心配そうに見上げている。エヴァリーナは大きく息を吐いて気持ちを落ち着けると、リオネロに大丈夫だと告げた。

いくらエヴァリーナといえども、人を生き返らせたことは一度もない。

そんなことができるのかさえ、分からない。

だが、デメトリオを生き返らせることができる可能性が少しでもあるのなら、自分は成《な》し遂《と》げなくてはならない。

エヴァリーナはぎゅっと強く拳《こぶし》を握りしめると、目の前の玉座に座る国王を見上げ、はっきりと宣言する。

「博識の魔女・エヴァリーナ。謹《つつし》んでその王命、お受けいたします」

「うむ。頼むぞ」

並々ならぬ国王の期待に、エヴァリーナは「御意《ぎょい》にござります」と短く返事をした。

1　王子様、生き返りました

国王との謁見《えっけん》を終えた二人は、すぐさまデメトリオの遺体が安置されている塔へと案内された。

彼の死は城内でも極秘らしく、異様な厳戒態勢の中を歩いていく。デメトリオの遺体の周辺は、厳重に警備され、王城の端に位置する〝星見の塔〟と呼ばれる高い塔の、一番上の部屋に安置されていた。

塔の上にしては随分と広い円形の部屋の中央に、ポツリと置かれた寝台。彼は、誰にも死を悼《いた》まれることなくひっそりとそこにいた。

その光景を見た瞬間、エヴァリーナの胸に鋭い痛みが走る。

（ああ、本当に……）

血の気のない真っ白な顔は、まるで人形のようだ。

夜会服を着ている彼は一見とても綺麗だが、その首には包帯が巻かれていた。きっと、刺された傷痕《きずあと》を隠すものだろう。

エヴァリーナはこの身体に、彼の魂《たましい》を呼び戻さなければならない。

「エヴァリーナ様、本当に死んだ人を生き返らせることなんてできるんですか？」

リオネロはエヴァリーナが魔女になった時からずっと一緒にいる相手だ。

当然、エヴァリーナの能力も、その魔法の可能性も、十二分に理解している。そんな彼が心配そうに自分を見ていた。彼も、この王命の難しさを痛感しているのだろう。

「たぶん、大丈夫」

「たぶんってなんですか！　この仕事を失敗したらヤバいって分かってて、その適当さなんですか⁉」

声を荒らげる弟子《でし》に、エヴァリーナはため息をつきつつ言った。

「まあ、ヤバいだろうねぇ……でも、必ず生き返らせるわ、大丈夫、大丈夫」

「一体、その自信はどこからくるんですか……我が師匠ながら本当に適当なんだから……」

リオネロはまだ何か言いたげだったが、エヴァリーナの緩《ゆる》さに毒気を抜かれたらしく、それ以上は何も言ってこなかった。

エヴァリーナは部屋の中央まで行くと、寝台に横たわるデメトリオを確認する。

国王と同じ金色の髪だが、長めの髪を後ろで結《ゆ》っている国王とは異なり、デメトリオの髪は短い。彼の顔は、寝ているようにしか見えなかった。しかし、呼気《こき》でその胸が上下している様子はまったくない。

（本当に死んでいるんだ……）

デメトリオとは、一生会うことはないと思っていた。遠目からでも見られれば幸運、万が一にも面会できたならば、それは奇跡とさえ思っていた。

こんな形で、彼と顔を合わせようとは夢にも思わなかった。

だが、これはただの悪夢でしかない。死んだ彼では意味がないのだ。

（本当に、あなたじゃなかったら絶対に引き受けたりしなかったけどね！）

エヴァリーナはぎゅっと拳《こぶし》を固く握り、リオネロに言う。

「これから、デメトリオ殿下の魂《たましい》を現世に呼び戻します。リオネロ、下がっていなさい」

「……はい」

リオネロがその言葉に従い、部屋の隅に立つ。

魔法を使う際、必要なのは魔力と言葉だ。そこに面倒な準備など必要ない。

常にそこには、魔法が発動するか、しないかの、二極しかない。

だから今も、エヴァリーナはなんの下準備もなく、魔法に取り掛かる。

緊張を解き解《ほぐ》すように大きく息を吸う。そして、吐き出す息とともに、エヴァリーナは魔力を込めた文字と数式を言葉に乗せていく。

魔女は、〝魔法式〟と呼ばれる魔力を込めた文字と数式を言葉に乗せて、魔法陣を描く。魔法陣には、魔法式が複雑な文様で刻まれており、魔法が発動する仕組みとなっていた。しかし、エヴァリーナの魔法はかなり特殊だった。普通、大きな魔法であればある程、魔法式も長くなる。当然それに応じて、唱える言葉も長くなるものだ。だがエヴァリーナは、数《かぞ》え数字と二文字の熟語に、膨大な魔法式を乗せることができた。

それがエヴァリーナの非凡さであった。

「ひとつふたつみっつよつ、『甦生《そせい》』」

エヴァリーナがそう呟《つぶや》いた瞬間、デメトリオを中心に、文字と数式によって形作られた魔法陣が
ババババババッと宙に現れる。

青白い光を放つ魔法陣は、天井まで届く程の大きさで、禍々《まがまが》しい雰囲気でもって部屋の中を支配した。

壁際のリオネロが息を呑んだのが分かる。

その魔法陣の前に立ち、エヴァリーナは全身全霊で強く祈った。

(どうか……どうか……生き返って――!)

魔法陣がゆっくりと回転し始めた。バチバチと常ならばあり得ない音を立てて回りながら、デメトリオを包むように、小さな竜巻がいくつも現れては消えていく。

「エヴァリーナ様、何か様子がおかしいです……!」

血相を変えたリオネロが、部屋の隅から駆け寄ろうとした。

「近づいては駄目!」

エヴァリーナは咄嗟《とっさ》に弟子《でし》の動きを止める。

ドッドッドッと心臓があり得ない速さで脈打つ。

(身体が熱い――)

自《みずか》らが紡《つむ》いだ魔法陣だというのに、エヴァリーナには何が起こっているのか分かっていない。

だが、常ならぬ凄《すさ》まじい何かが、デメトリオと自分を中心に起ころうとしている――それだけは分かった。

現れては消える竜巻の間で、バチバチッと青い稲妻《いなずま》が走る。

エヴァリーナは、息を詰めてデメトリオを見守った。

死んだ人間を生き返らせる。

そのようなことが本当にできるのか——

いや、生き返らせなければならない。

不遇の死を遂《と》げた王子を、なんとしても生き返らせたいという強い願いが、エヴァリーナの中にあった。

その時、小さな赤い稲妻《いなずま》が、エヴァリーナの胸の中心からデメトリオの胸の中心に向かって伸びる。

「え……？」

次の瞬間、急激に自分の中の何かが失われていくのを感じた。

「エヴァリーナ様！」

ふらついたエヴァリーナに、リオネロが再度声を上げた。だが、彼は駆け寄ってこようとはしなかった。

リオネロも、今が一番重要な時だと分かっているのだろう。

エヴァリーナとデメトリオを繋《つな》ぐ赤い稲妻《いなずま》は、しばらくの間、強い光を放っていたが、やがて小さな火花を散らして消えていった。

それと同時に、魔法陣がゆっくりと宙に溶けるように霧散した。

魔法陣が全て消えたのを確認したリオネロが、すぐさまエヴァリーナに駆け寄ってきた。よろりと体勢を崩したエヴァリーナの身体を、リオネロが支える。

「エヴァリーナ様、大丈夫ですか？」

「ありがとう……リオネロ、魔法陣の魔法式は確認できた？」

「ええ……一応。ですが、とても複雑すぎて全て解読できるかどうか……」

本来魔女は、自分がこれからどんな魔法陣を描くか理解して魔法を紡《つむ》ぐ。

だが、エヴァリーナは魔女でありながら、ある理由でそれを理解することができなかった。前人未到の魔法を使う偉大な魔女でありながら、彼女の名が広く知られていない理由がそこにある。

そんな彼女を、サポートしているのが、弟子《でし》のリオネロだった。彼は、エヴァリーナに代わって彼女の魔法陣を読み解く役割を担《にな》っている。

しかし、リオネロはその表情を曇らせた。

「甦生《そせい》の意味を持つ魔法陣であることに間違いはないのですが、組み込まれた文字の中に〝生贄《いけにえ》〟や〝代替〟という物騒な文字が入っていて……」

リオネロは不安げに眉を寄せた。そう言われても、感覚で魔法式を作るエヴァリーナには、よく分からない。

「っ……」

その時、小さな呼気《こき》の音が聞こえて、二人は息を呑んで目の前の遺体を見た。

人形のように動かなかったその指が、わずかにピクリと動く。

「エヴァリーナ様っ……！」

リオネロが驚愕《きょうがく》を素直に声に出した。

エヴァリーナも目を見開いて目の前のデメトリオを食い入るように見つめる。

「ふ……」

デメトリオが小さく息を吐いたので、リオネロが思わず声を上げる。

「本当に、生き返った……！」

言葉には出さなかったが、エヴァリーナの胸にも熱い思いが湧き上がってくる。

その間にも、デメトリオの胸が静かに上下し始め、氷のように強張《こわば》っていた身体がわずかに身じろぎをする。

そして、固く閉じていた瞳が、ゆっくりと開いた——

そこに現れたのは、デメトリオ本来の紺碧《こんぺき》の瞳ではなかった。

まるで、地平線を染める鮮やかな夕焼けのような色をした双眸《そうぼう》がそこにはあった。

「ここは……？」

初めて聞く王子の声。エヴァリーナはおもむろにドレスローブの裾を持ち上げ、恭《うやうや》しく頭を下げた。

「おはようございます。デメトリオ殿下」

「おはよう？　私は一体……それにここは？」

はっきりとしたデメトリオの応答に、胸が震える。

成功した。死んだ人間を生き返らせた！

大きな喜びがエヴァリーナの胸を占めたが、極力それを表に出さないように抑えた。

彼女は、上体を起こしたデメトリオに言う。

「ここは、星見の塔の最上階です。あなた様は一度お亡くなりになり、魔法によって生き返られたところです」

簡潔に状況を説明すると、デメトリオがパチパチと目を瞬《またた》かせた。そして、しっかりとエヴァリーナを視界に捉《とら》える。

その姿に、思わず息を呑んだ。

間近で見ると、デメトリオの迫力はかなりのものだった。

死んでいた時も美しいと思ったが、確かな意志をもってこちらを見つめるデメトリオは、赤紫色に変わった瞳の色も相まって妖《あや》しげな魅力を醸《かも》し出していた。

また、騎士として鍛《きた》え上げられた肉体は、細身ではあるが、がっしりとしており、背筋がピンと伸びている。上体をただ起こしただけの姿だというのに、デメトリオには王子の風格というものが備わっていた。

「あなたは魔女か？」

彼は、エヴァリーナの言葉から彼女を魔女と判断したらしく、そう問いかけてきた。

思考力もしっかりとしている。その様子に、エヴァリーナは魔法の成功を確信しつつ、淑女の礼でもってデメトリオに応《こた》えた。

「はい、博識の魔女・エヴァリーナと申します」

「弟子《でし》のリオネロと申します」

二人の挨拶《あいさつ》を聞き、デメトリオが小さくうなずく。

「私はデメトリオ・エンランド・ファウネルで合っているか？」

彼は二人を見ながら、そう確認してきた。

「はい」

「私が一度死んだとあなたは言ったが……」

自《みずか》らの首に手を当てたデメトリオが、エヴァリーナを見つめて問いかける。

「あなたが生き返らせてくれたのか？」

「はい、デメトリオ殿下」

エヴァリーナはしっかりとうなずいた。

彼を生き返らせることができたという喜びが、じわじわと胸を占めていく。

「エヴァリーナ……」

「はい」

名前を呼ばれたので返事をすると、その手をぐっと掴《つか》まれる。

「——え？」

気がついた時には、身体をデメトリオに引き寄せられており、そして——

デメトリオの唇がしっかりとエヴァリーナの唇と合わさっていた。

いきなり力強い腕の中に抱きしめられたエヴァリーナは、ただ目を見開いて呆然と目の前の麗《うるわ》しい顔を見つめる。

彼は、冷たい舌で彼女の上唇を舐《な》めると、そのまま口腔《こうこう》に舌を滑り込ませてきた。

「ん……？　んんっ？」

（え？　え？　ええ？）

何が起こっているのか理解できないエヴァリーナは、身を強張《こわば》らせる。

その間も、デメトリオの舌は明確な意思をもって、エヴァリーナの口腔《こうこう》を蹂躙《じゅうりん》した。

項《うなじ》を冷たい手で優しくなぞられ、ぞくぞくした感触に肌が粟立《あわだ》つ。咄嗟《とっさ》に逃げようとしたが、上手《うま》く逃げられない。

エヴァリーナはただ驚き、与えられる行為を甘受《かんじゅ》するしかなかった。

（何これ……何これ――!?）

エヴァリーナの熱を奪うように、デメトリオの冷たい舌が悪戯《いたずら》に口腔《こうこう》を刺激する。

「ふぁっ……」

今まで感じたことのない刺激に、エヴァリーナの口から甘い声が漏《も》れた。

そこで最初に我に返ったリオネロが、慌てて叫んだ。

「エ、エヴァリーナ様！」

その声でハッと正気に戻ったエヴァリーナは、ようやく自分に何が起こったのか理解した。

（私、キスされている――！）

信じられない事実に、ただただ、驚愕《きょうがく》するしかない。

チュ、と音を立てて唇を離したデメトリオは、熱に浮かされたような濡れた瞳でじっと彼女を見つめてくる。

そして――

「すまない、欲情した」

「きゃ――っ!!」

バチン！　と大きな音を立てて、エヴァリーナの手がデメトリオの頬を打った。

その音は、悲鳴とともに部屋中に響き渡る。それだけ音が響けば、当然外で待機していた騎士たちの耳にも届くというもので――

「魔女殿、どうされましたかっ⁉」

外に控えていた二人の騎士が、勢いよく扉を開けた。

そこで、上体を起こしているデメトリオを確認し、息を呑む。

だが、さすがと言うべきか、デメトリオの死を秘匿《ひとく》する任務に就いている騎士だけあって、二人は騒ぎ立てるようなことはしなかった。

そんな優秀な騎士たちは現状把握能力も優れていた。

「魔女殿、それは一体どういうことですか？」

二人の騎士たちが険しい顔でエヴァリーナとデメトリオを交互に見つめる。

彼らの視線の先には、はっきりと赤い手形のついたデメトリオの頬。それは、誰が見ても叩かれた痕《あと》だとすぐに分かる。

エヴァリーナは赤らめていた顔を一瞬にして青ざめさせた。

「こ、これは……」

「まさか、デメトリオ殿下の頬を打たれたのですか……？」

じりじりと騎士たちが近づいてくる。

相手はこの国の王子だ。下手《へた》をすれば不敬罪だ。

いきなりキスをされたから叩いた――では理由にならないことは分かっている。

だけど……!!

「ご、誤解です……！　これには深い理由があって」

しどろもどろに言い訳をするが、到底通じるものではなかったようだ。

騎士たちは互いに顔を見合わせて小さくうなずくと、すぐにエヴァリーナとデメトリオを引き離した。

「今すぐ陛下にデメトリオ殿下が生き返られたことを報告します。殿下はその間、別室にて医師の診断をお受けください。魔女殿たちは……しばらく、こちらの部屋でお待ちいただけますでしょうか？」

一気にそうまくし立てた騎士は、エヴァリーナに笑顔を向ける。一応、問いかけの体《てい》ではあるが、否《いな》は許さない雰囲気に、「はい」と小さく返事をするしかなかった。

かくして、世紀の大魔法を成功させた魔女は、塔のてっぺんに監禁される羽目になってしまった。

※　※　※

高い場所から見下ろす景色は素晴らしい。月のない夜空いっぱいに無数の星が瞬《またた》いている。

「塔のてっぺんにこんな大きな窓って物騒よね。うっかり腰掛けてよろめきでもしたら、地面に真っ逆《さか》さま。ああ、でも魔法を使えばここから逃げられるかしら……」

大きな窓から真っ暗な外を見下ろし、エヴァリーナがぼやく。そんな彼女に、リオネロが冷ややかな声で言い返した。

「エヴァリーナ様が逃げられても、僕は逃げられないんですが」

「あなたは入り口から出ればいいじゃない」

「出られないことはご存じでしょうに！」

リオネロは固く閉ざされた部屋の扉を睨《にら》みつける。

エヴァリーナは、部屋の中にいても外の様子が魔法で分かる。同じように、リオネロは長い耳を伸ばして周囲の物音を確認していた。

それで分かったのは、扉の前に一人、塔の下に二人、常に見張りの騎士が立っているということだ。彼らが身につける鎧《よろい》と紋章から、デメトリオの統括する近衛隊の者たちと分かる。

「どうしてこうなってしまったのかなぁ……」

「どうしてって、エヴァリーナ様が王子様の頬をぶったりするからでしょうが！」

極力目を背けてきた事実を、リオネロがずばりと突きつけてくる。

「だってっ！　ああ～、私の初めてのキス……」

窓の縁に突っ伏し、エヴァリーナは呻《うめ》いた。

「どうせこの先できるかどうか分からなかったんだから、キスできてよかったじゃないですか。それも、あんな素敵な王子様と」

「よし、今からリオネロの耳を魔法で伸ばして、それを伝って窓から降りよう。そうしよう」

「すみません。もう言いません」

弟子《でし》のリオネロは、口は達者《たっしゃ》だがすぐに折れる。謝ってきたリオネロを一瞥《いちべつ》し、エヴァリーナはふんっと鼻を鳴らした。

デメトリオを生き返らせてから、既に二日が経過している。つまり、同じだけエヴァリーナたちはここに閉じ込められていた。

寝台しかなかった大きな部屋は、今では三つの部屋に分かれている。

それらは全てエヴァリーナが魔法によって作ったものだ。

この二日間、湯浴み等以外でこの塔から出られない状態だったため、居住環境を整えようと無駄に部屋の中を改造してしまったのである。

もし誰かから苦情を言われたら、また魔法で元に戻せばいいだけだ。

今のところ、扉の外にいる騎士から文句は言われていない。

「あ、そういえば、デメトリオ殿下を甦生《そせい》させた魔法式って解読できた？」

「今頃？　今頃になって、それを聞きますか？」

退屈でだらけきっていたエヴァリーナとは違って、リオネロはきちんと役目を果たしていたらしい。言われてみれば、日がな一日書物を山積みにした机で、ガリガリと何か書いていた。その書物も、もちろん、エヴァリーナが森の住まいから魔法で取り寄せたものだ。

「どう、全部解明できそう？」

リオネロが書いている紙を横から覗《のぞ》き込む。しかし、見たところで、そこに書かれていることをエヴァリーナは理解できないのだが。

「全部は無理ですね。これまでの中でも、最上級の難しさですよ、この魔法陣」

「まあ、人を生き返らせるようなものだからねぇ……簡単に解読できちゃったら困るんだろうねぇ」

「何、他人事《ひとごと》みたいに話してるんですか！　あなたが作った魔法でしょうが！」

「だって、私、魔法式、読めないし」

「だからって、なんでもアリだと思わないでくださいよ！　大体これ……〝生贄《いけにえ》〟とか〝代替〟なんて文字が混ざってるんですよ。甦生《そせい》魔法のはずなのに、おかしくないですか？」

魔法式の一部をペン先で叩きながらリオネロが首を傾《かし》げた。

「ふーん」

「ふーんって、エヴァリーナ様……」

「とりあえず生き返ったわけだし、結果が良ければそれでいいでしょ」

「うわー、出たよ。訳の分からないことはすぐ投げ出す癖……！」

「リオネロくん、がんばれ～」

「ぜんぜんっ、嬉しくないっ……！」

リオネロは長い耳をぶんぶん回して怒るが、見ていて可愛いだけだ。

退屈すぎて、一日に何度もこうして弟子《でし》をからかっている。だが、他にすることがないのだから仕方がない。そう思いつつ、エヴァリーナはふわああとあくびをした。

「しかし、頬を叩いたくらいで監禁なんて大げさすぎない？」

「相手は王族ですからねぇ……まぁ、僕は別の理由があるのではないかと思っているんですが」

「あ、やっぱり？」

「だってデメトリオ殿下の目、赤紫色に変わってましたよね？」

「あー……」

それは、エヴァリーナも気になっていたことだ。

デメトリオの目は、本来国王アドルフォと同じ綺麗な青色だった。

一度死んだ人間が生き返ったのだから、多少何かしらはあると思っていたが、あの赤紫色の目は顕著《けんちょ》な違いだろう。それが原因で、こうして監禁されているのだろうか……

だが、リオネロはそれ以外の理由もありそうだと言ってきた。

「〝誠実の騎士〟と呼ばれるデメトリオ殿下が、突然エヴァリーナ様にキスをして『欲情した』とか言っていましたよねぇ……それって、ちょっとおかしくないですか」

「あー、思い出させないでぇ……」

エヴァリーナは頭を抱え込む。

〝誠実の騎士〟というのはデメトリオの二つ名だ。

彼は王子という身分に驕《おご》ることなく、騎士として兄王に仕えている。その忠誠心から、国王の懐刀《ふところがたな》とも言われている。

また、美丈夫《びじょうふ》っぷりで数多《あまた》の令嬢の熱視線を集めているが、彼女たちとの浮いた話はないらしい。聞いた話によると、彼は決して女性と遊びでつき合ったりはしないそうだ。

まさに〝誠実〟。

そんな男が、会ったばかりのエヴァリーナにキスをして、更に「欲情した」などと言うものだろうか。

「何か嫌な予感がするんですよねぇ……」

リオネロがピクピクと耳を震わせてそう言った。

「やめて、縁起でもない」

「だから、この魔法陣をちゃんと解読したいんですよ！　エヴァリーナ様、なんでもいいです。あの時、魔法陣に何を乗せたんですか？」

真剣な顔で詰め寄ってくるリオネロの気迫に、エヴァリーナは気圧《けお》される。

「うーん、生き返ってほしいとは強く思ったけど……」

「それ以外には？」

「それ以外も何も、それしか考えていなかったわよ」

ただ、生き返ってほしかった。

そのためなら、エヴァリーナはどんな代償でも払うつもりでいた。

だが、これがもし、国王のアドルフォや、他の王子を生き返らせるのだとしたら、そこまで強く思えたかは疑問だ。

デメトリオだから。

だから、エヴァリーナの魔法は成功したのかもしれない。

「うーん……一途な心かぁ。それが加味されての、この乗算式なのかなあ……？」

紙に書き起こした魔法式にリオネロが頭を抱えて唸《うな》っていると、トントントンと部屋の扉がノックされた。

湯浴みや食事にしては珍しい時刻だ。

二人が顔を見合わせていると、一人の騎士が扉を開けて入ってくる。

「失礼します。国王陛下がお二人をお呼びでございます」

デメトリオを生き返らせてから二日。ようやく、国王との面会となった。

※　※　※

最初に呼び出された謁見《えっけん》の間に案内されたエヴァリーナたちは、そこで気難しい顔をした国王・

アドルフォと再会した。

「二人とも顔を上げよ。まずは博識の魔女・エヴァリーナ。デメトリオを生き返らせてくれたことに感謝する。人の魂《たましい》さえも呼び戻すその偉大な力、しかと確認した」

「もったいないお言葉、ありがとうございます」

「この二日、生き返ったデメトリオが、本当に彼自身であるか調べていた。それがはっきりするまでは、そなたたちにはあの塔にいてもらわねばならなかった。すまなかったな」

どうやら頬を叩いたことで閉じ込められていたわけではなかったらしい。

アドルフォの言うことも、もっともだったので、エヴァリーナは恭《うやうや》しく頭を下げた。

「それでデメトリオ殿下は、ご本人で間違いございませんでしたか？」

すると、アドルフォが一瞬だけ眉間に皺《しわ》を寄せる。

エヴァリーナは、自分の魔法が失敗したのかとヒヤリとする。

「ああ。目の色は変わってしまったが、確かにあれはデメトリオだった。ただ、今朝から……少し体調を崩しておる」

「えっ……？」

「医師に見せたが、原因不明だ。一昨日《おととい》は健康体そのものだったのだが、どうにも……その、な……」

視線を逸《そ》らしたアドルフォが言いよどむ。

（まさか、甦生《そせい》の魔法が完全じゃなかった？）

医師に見せても分からないと言うのであれば、それは魔法の影響と考えられる。

「へ、陛下。あの、もう一度、デメトリオ殿下と面会させていただくことは可能でしょうか？」

「うむ。そのつもりでそなたたちを呼び寄せた。それにしてもエヴァリーナ、そなたは一体どのような魔法を使ったのだ？　死者の甦生《そせい》に関わる秘術なのは分かっているが、デメトリオの不調は魔法の影響かもしれぬ。よければ、魔法式を提出してもらいたい。その魔法式には、今回の王命とは別に褒賞《ほうしょう》を与えよう」

魔法式は、いわば魔法のレシピのようなものだ。それを見れば、他の魔女や魔法使いたちも同じ魔法を使うことが可能となっている。

そのため、大抵の魔女は己《おのれ》の作った〝魔法〟を、売ることで生計を立てていた。

今回も本来なら、完璧な魔法式を提出すべきことは分かっていた。だが――

「申し訳ありませんが、途中までしか解読できておりません……」

エヴァリーナがそう返事をすると、アドルフォは訝《いぶか》しげな顔をした。

「どういうことだ？」

「……私の二つ名、〝博識の魔女〟ですが、人によっては白い知識……〝白識《はくしき》の魔女〟と呼ぶ者もおります」

国王の前ということもあり、エヴァリーナはあまり人に言いたくない事実を白状する。

「私は文字を理解できません。言葉として聞く分には理解できるのですが、紙などに書かれている文字は全て絵のようなよく分からない図形に見えてしまって、認識できないのです。当然、書くこともできません」

「魔女なのにか？」

「はい、魔女なのに、です」

アドルフォが驚くのも無理はない。魔女は魔法を使う際、必ず魔法式を用いるため、文字の読み書きができないことなどないからだ。

だから、読み書きのできないエヴァリーナは、極めて異端な魔女であった。

「そんなことがあり得るのか？」

「いいえ。おそらく私だけでしょう。私は魔法を使うことはできても、その魔法式がどんな文字で構成されているのか、理解することができません。ですから、私の魔法式は弟子《でし》のリオネロが代わりに解読しているのです」

エヴァリーナが隣に立つリオネロを見ると、リオネロは緊張で身体を強張《こわば》らせながら頭を下げた。

「そうか。ではリオネロよ、此度《こたび》の魔法の魔法式はどこまで解読できた？」

アドルフォに話しかけられて、リオネロは慌ててポケットから紙を取り出す。

「は、はいっ。途中までならここにあります！　ただ、あの、エヴァリーナ様の魔法式はいつも複雑怪奇なのですが、今回は特にすごくて……おそらく全て解読するのは難しいのではないかと……」

まさかここで国王に見せるとは思ってなかったのだろう。リオネロは震える手で、しわくちゃの紙を騎士の一人に渡した。騎士はざっとそれを確認してから、国王のもとへ持っていく。

アドルフォはその紙を眺めて、ぐっと顔をしかめた。

「私にもある程度は魔法の知識があるが、このような魔法式は初めて見た。〝博識の魔女〟の魔法はこれ程までに面妖《めんよう》か……」

エヴァリーナは自分がどれ程の魔法を使っているのか分からない。だが、〝複雑怪奇〟やら〝面《めん》妖《よう》〟などと言われると戸惑ってしまう。

「ふむ……仕方ない。では、本人になんとかしてもらうしかないな……」

軽くため息をついた後、アドルフォは独り言のようにそう呟《つぶや》いた。

次いで出てきた言葉に、エヴァリーナは一瞬、国王の前だということも忘れて唖然《あぜん》とした。

「実は、デメトリオが発情している」

「ハツジョウ？」

その言葉の意味を、頭がすぐに理解できない。

「一昨日《おととい》はそうでもなかったが、徐々に昂《たかぶ》りが強くなるようでな。こちらで女を用意したのだが、どれも駄目だという」

女を用意……という言葉で、ようやくエヴァリーナはアドルフォの言葉を理解した。

「発情――っ！」

一瞬でカアッと顔を赤らめるエヴァリーナを見て、アドルフォは少しだけ意地の悪い顔をする。

「ふむ。わざとそのような魔法を重《かさ》ねがけしたのかと思ったのだが、そういうわけでもないようだな」

「そ、そんなことするわけありません！」

「だが、あれには王弟という地位がある。それを欲しがる女も多いのでな。生き返らせた代償に王子自身を要求してもおかしくはない……」

国王の青い瞳が一瞬鋭く細められたのを見て、エヴァリーナは自分たちが塔に監禁されていた最大の理由に気づく。

（甦生《そせい》魔法の他に、何か邪《よこしま》な魔法をかけた可能性があると思われていたのか……）

誤解もいいところだが、それを主張したところでデメトリオがその状態では無駄だろう。

「あ――――!!」

そこで突然、リオネロが大きな声を出した。

リオネロは国王の前にもかかわらず、新しい紙をズボンのポケットから取り出して、うずくまってガリガリと何かを書き始めた。

「ちょ、ちょっとリオネロ……」

小声で弟子《でし》を窘《たしな》めるが、いったんこうなってしまうと何も聞こえなくなってしまうのだ。

「代償！　そういう意味での〝生贄《いけにえ》〟と〝代替〟か！　じゃあ、ここは乗算ではなくて減算だったのか……。本当に紛《まぎ》らわしいんだよ、エヴァリーナ様の魔法式は！」

最後、暴言が聞こえた気がしたが、今はそれどころではない。

戸惑いながらアドルフォの方を見れば、彼は興味深そうにこちらを窺《うかが》っていた。

「ふむ。リオネロよ。魔女の魔法式、解読できそうか？」

「全部は無理ですけど、ほぼ分かりました！　これ、〝契約魔法〟だったんです！」

興奮で頬を真っ赤にしたリオネロが、アドルフォに言った。

どうやら相手が国王だということも頭から抜けているようだ。アドルフォの傍に控えている騎士が顔をしかめるが、アドルフォがそれを制してリオネロに問うた。

「契約魔法とは？」

リオネロの無礼にヒヤヒヤとしていたが、それはエヴァリーナも知りたいところだ。

「死んだ人を生き返らせることなんて、そもそも無理な話なんです。魂《たましい》をこちらに呼び戻せたところで、一度離れた魂《たましい》と身体を繋《つな》げられない。でもエヴァリーナ様は、それを自《みずか》らの生命力で無理やり繋《つな》げたんです！　つまりデメトリオ殿下の魂《たましい》を定着させるためには、エヴァリーナ様の生命力が必要！　そういう契約魔法なんです！」

「あ」

エヴァリーナは甦生《そせい》魔法を使った時のことを思い出した。あの時、自分とデメトリオの胸の間を、赤い稲妻《いなずま》のような光が繋《つな》げていた。

（もしかして、あれ――！）

「生命力……それは具体的にどうデメトリオに作用しているのだ？」

アドルフォは真剣な表情でリオネロに続きを促《うなが》す。

リオネロは顔も上げずにものすごい速度で紙に魔法式を書いていく。

「はっきりしたことはもっと魔法式を解明してからでないと分かりません。ただ、定期的にエヴァリーナ様の生命力をデメトリオ様に与える必要があるようです。そうしないと、デメトリオ様の魂《たましい》が身体から離れてしまいますね」

「そんな、せっかく生き返らせたのに！」

「ふむ。それは困るな。して、その生命力を与える方法とは――？」

「性交です」

リオネロがきっぱりとそう断言した。一瞬、エヴァリーナは何が成功したのか分からず、首を傾《かし》げる。だが、アドルフォは非常に納得できたらしい。

「なるほど、だからこその発情か」

「そうです。デメトリオ殿下の身体がエヴァリーナ様の生命力を求めてらっしゃるんですね」

「そうか。他の女では駄目なはずだ」

「え……」

何が駄目なのか、恐ろしくて聞けない。先程赤くなった顔は、嫌な予感で青ざめている。

「まあ、一度死んだ者を生き返らせるのだから、それなりに代償は必要なのかもしれぬな……」

「ね、ねえ、リオネロ。それって……あの、どういうこと……」

恐る恐る問いかけるエヴァリーナに、リオネロはキョトンとした後、呆れながら言う。

「エヴァリーナ様、まだ分かんないんですか？　エヴァリーナ様がデメトリオ様とエッチしないと、デメトリオ様はまた死んでしまうってことですよ」

「は――!?」

（せいこうって……）

「性交のことか！」

思わず素《す》で突っ込めば、リオネロはケロリとした顔で答える。

「だから、さっきからそう言っているじゃないですか」

エヴァリーナはアドルフォの前ということも忘れて、頭をぶんぶんと強く振った。

「いやいやいや……私そんな魔法唱えてないし」

「唱えてないじゃないですよ。ここの式、減算な上に括弧《かっこ》で括《くく》ってあるでしょう？　これが紛《まぎ》らわしいんですが、ここが作用しなかったら、デメトリオ殿下は生き返ってなかったと思いますよ。ホントすごい魔法ですね、これ」

リオネロが感動したようにそう言ったが、エヴァリーナの心中はそれどころではない。

「それにこれ、エヴァリーナ様の寿命にも関係してそうですよ……本当に命がけでデメトリオ殿下を蘇《よみがえ》らせたんですねぇ……僕、もう少し詳しく契約内容を解読してきます。たぶん明日の朝にはお知らせできると思いますが、大丈夫ですか？」

「うむ。しかと契約内容を解読し、私に届けよ」

アドルフォがうなずくと、リオネロはペコリと頭を下げて塔へ戻っていく。

「ちょ、リオネロ、待って、私も――」

「博識の魔女・エヴァリーナ。そなたには別の仕事があるだろう」

駆け出そうとした背に声がかけられる。エヴァリーナは、顔を引きつらせながらゆっくりとアドルフォを振り返った。

「べ、別の仕事ですか？」

「そなたは王命によってデメトリオを生き返らせることを承諾した。ならば、その命《めい》を最後まで遂行せよ」

凛《りん》とした国王の声は、エヴァリーナに他の選択肢を許さない。

「エヴァリーナ、デメトリオの伽《とぎ》をせよ」

（伽《とぎ》……！）

あまりにもはっきり告げられた言葉に、エヴァリーナは泣きそうになった。しかし、エヴァリーナがそうしなければ、デメトリオはまた死んでしまう。

「ぎょ、御意《ぎょい》にございます」

エヴァリーナは苦渋《くじゅう》に満ちた声でそう返事をするしかなかった。

※　※　※

まるで初夜のようだ——とエヴァリーナは思った。

謁見《えっけん》の間を出たエヴァリーナは、直《ただ》ちに女官たちに捕らえられ、くまなく身体を洗われた。

貴族でもないエヴァリーナに対し、女官たちは一切の無駄口を叩かず、時間をかけて彼女を磨き上げた。

「これでもいつもの半分の時間なんですよ」

仕上げに薄化粧をしながら女官が不満そうに言うのを、エヴァリーナは聞き流した。

(帰りたい……むしろ消えてしまいたい……)

肌が透けそうな薄い夜着を着せられ、その上に厚手のガウンを纏《まと》う。そうして、案内されたのはデメトリオの部屋の前だった。

覚悟を決める間もなく部屋の中に押し込まれ、バタンと扉を閉められる。

「エヴァリーナ殿……」

低く掠《かす》れた声で名を呼ばれて、びくりと肩が上がった。

デメトリオは部屋の奥にあるソファーに座っている。こうして彼と会うのは二度目だ。

「あの、この間は、叩いてしまって申し訳ありませんでした」

先日の非礼を詫《わ》びると、デメトリオは立ち上がって首を横に振る。

「いや、気にしていない。それより、陛下より話は聞いた……私のためにすまない」

赤紫色の瞳が悲しそうに揺れる。

「いえ……その、逆にすみません……私の魔法のせいで……」

まさかこんなことになるとは……

すると、デメトリオはまた首を横に振った。

「こうして生き返ったことが奇跡なのだ。なのに、あなたに更なる無理を強《し》いることになってしまって、本当に申し訳ない……」

デメトリオが拳《こぶし》を握って目を伏せた。その顔には己《おのれ》の不甲斐なさを恥じるような様子が見られ、エヴァリーナこそ申し訳なくなってしまう。

それきり二人は口を開かず、部屋の中に沈黙が訪れる。チラリとデメトリオを見れば、デメトリオもエヴァリーナを見ていた。だが、彼はすぐに目を逸《そ》らしてしまう。

（どうすればいいんだろう……）

エヴァリーナはつい二日前までキスの経験もなかった処女だ。それどころか、男性とつき合ったことすらない。だからこういう時、一体どうすればいいのか、皆目見当がつかなかった。

「エヴァリーナ殿……」

「は、はいっ！」

声をかけられて慌てて返事をすると、デメトリオが苦笑しながら口を開いた。

「もし嫌ならば、ここから逃げてもらって構わない。私は本来死んでいる身だ。あなたを犠牲にしてまで生き延びるべきではないだろう」

「そんなことありませんっ！」

思わずエヴァリーナは声を張り上げていた。

「犠牲なんて言わないでください！　私はデメトリオ殿下に生きていてもらわないと困るんです！

だって私、あなたに言いたいことがあったから……！」

「言いたいこと……？」

首を傾《かし》げるデメトリオに、エヴァリーナは口を押さえて目を逸《そ》らした。

「なら、その言いたいことを聞こうか。そうしたら、ここから帰ってもらっても――」

「だから！　あなたに死なれては困るんです！」

伝えたい言葉は、デメトリオが生きていてこそ意味のあるものだ。

彼がいたからこそ、彼がいるからこそ、伝えたい言葉――

「ならば……あちらの寝室に、一緒に……行ってもらえるか？」

「……っ！」

吐息を漏《も》らすような甘い声でそう問いかけられて、エヴァリーナの身体が熱を持ったように赤くなった。

「本来なら……私があなたの手を引いて案内したいところだが……すまない。……たぶん今触れたら我慢《がまん》ができなくなる」

デメトリオが切羽詰《せっぱつ》まっているのは見ただけで分かる。それなのに、エヴァリーナに伺《うかが》いを立ててくるとは、なるほど確かに誠実の騎士らしい。

（ああもう……リオネロ、明日覚えてなさいよ……！）

自分を置いて行った弟子《でし》に悪態をつきつつ、エヴァリーナは意を決して寝室の方へと歩いて行く。

重厚な扉を開けると、エヴァリーナの家より広い寝室が現れた。すぐに部屋の中央にある豪奢《ごうしゃ》な寝台が目に飛び込んできて、気持ちが怯《ひる》むが時既に遅し。

「きゃっ……！」

寝室に入った途端、背後からデメトリオに抱きかかえられ、そのままなだれ込むように寝台に押し倒された。ガウンはその過程で床に落とされ、薄い夜着越しにきつく抱きしめられる。

「すまない……！」

熱い吐息が耳に吹きかけられ、エヴァリーナはドキリとした。

彼の身体はひんやりと冷たい。だが、色の変わった赤紫の瞳だけが熱くエヴァリーナを求めていた。

どれだけ彼が我慢《がまん》していたのか、その瞳が雄弁に語っている。

そんな瞳をした男性を初めて見たが、何も分からないエヴァリーナにもはっきり分かる程、その瞳は餓《う》えていた。

「ええと、できればあまり痛くないほうがいいんですけど……」

「乱暴にはしたくない……優しくしたい……」

呻《うめ》くようにデメトリオが呟《つぶや》く。それはエヴァリーナに向けてというより、自分に言い聞かせているように感じた。それ程、彼の精神が追いつめられているのだと理解する。

（そうだよね……魂《たましい》と身体が離れそうだったんだもの……しんどかったよね……）

そうなったのはエヴァリーナの魔法のせいだ。自分は彼を生き返らせたかっただけで、こんな風に苦しませたかったわけじゃない。

エヴァリーナは、勝手に震えそうになる身体を必死に抑えながら、デメトリオの頬に手を当てる。

そして、やんわりと微笑んだ。

「私の身体一つであなたが生きていられるというなら、どうぞ望むようになさってください」

「あなたという人は……！」

デメトリオはぐっと唇を噛みしめて目を閉じた。だが、次に目を開いた時は、射抜くような強さでエヴァリーナを見下ろす。

デメトリオの顔がゆっくりと近づき、エヴァリーナの額《ひたい》に触れるだけの口づけが落とされる。次に目尻、そして頬。

慈《いつく》しむようにキスを与えられて、エヴァリーナは思わず安堵の息を漏《も》らした。

「……大切に、抱く」

誓いの言葉みたいに耳元で囁《ささや》かれ、エヴァリーナは身体の力を抜き、全てをデメトリオに委《ゆだ》ねたのだった——

※　※　※

初めての体験というのは、人それぞれだ。とても痛かったと話す魔女もいれば、夢のような体験だったという魔女もいた。

でも、それがこんなにも熱いものだとは、思いもしなかった。

「……ん」

優しい口づけを与えられながら、夜着を脱がされる。恥ずかしさに身をよじると、気にするなと耳元に口づけられた。

ぞくりとして身を反らせば、そのタイミングを見計らったように、するすると服を脱がされてしまう。

デメトリオの前に、豊満とまでは言わないが、それなりにボリュームのあるまろやかな乳房が晒《さら》される。それを意識した途端エヴァリーナは恥ずかしくなって、咄嗟《とっさ》に胸を隠そうとした。

「なぜ隠す」

「は、恥ずかしいからです……！」

するとデメトリオが、胸のふくらみにそっと口づけを落とした。

「柔らかくて、とても美味《おい》しそうだ」

「た、食べ物じゃありませんっ……！」

「そうか？　とても可愛らしい色で私を誘っている」

彼は、ゆっくりとエヴァリーナの胸を下から両手で揉《も》み上げる。そして、鼻先で乳房をくすぐり、ぱくりとエヴァリーナの右胸の中央を咥《くわ》えた。

「あっ……！」

ぎゅっとデメトリオの腕にしがみつくと、デメトリオが「手を背中に……」と促《うなが》した。

おずおずと背中に手を回したら、彼の舌先で胸の先端をくすぐられる。

当然、そんな感覚は初めてのことで、身体がびくりと跳ね上がった。

「……大丈夫。怖がらないで……」

先端を咥《くわ》えたまま宥《なだ》められるが、彼の熱い息が肌にかかってゾクゾクした。更にその間も、彼の指が身体を動き回り、エヴァリーナを翻弄《ほんろう》する。

（いやだ……こんなの知らない……！）

その手は執拗《しつよう》に、まるで何かを探るみたいに身体の至るところに触れてくる。

デメトリオはなるべくエヴァリーナを怖がらせないよう配慮しているのだろうが、かなり我慢《がまん》をしていることは、その荒い吐息で分かった。

「……あっ……！」

エヴァリーナの口から、思わず甲高い声が出る。胸の先端を舐《な》めていたデメトリオが、いきなりそこを甘噛みしたからだ。

その瞬間、身体中を甘い痺《しび》れが走り抜けた。

刺激を受けるたびに、ビクビクと身体が跳ねる。しかし、デメトリオの大きな体躯《たいく》にのしかかられているので身動きができない。

胸元から、ちゅっ、ぴちゃっと、淫靡《いんび》な音が聞こえてきて、羞恥《しゅうち》でエヴァリーナの頬が染まった。

更に、デメトリオの甘く響く低い声がエヴァリーナを徐々に侵食していく。

「う……」

「大丈夫……もっと感じて……」

「も、もうっ、十分感じてますっ……！」

エヴァリーナの呼吸が荒くなっていく。胸元に顔を埋《うず》めるデメトリオには、彼女の速い鼓動が聞こえているはずなのに、「もっとだ」とねだってくる。

「もっと、感じて」

何をこれ以上感じればいいのか分からない。

エヴァリーナがいやいやと首を横に振ると、あやすみたいに右胸の頂《いただき》をひとしきりしゃぶられた。

そのうちそれは左胸に移り、先端が赤く尖《とが》るまで執拗《しつよう》に吸われる。

それと同時に、すっかり立ち上がった右胸の先端を親指と人差し指でつまれ、コリコリと刺激されるのだ。そうされるだけで、エヴァリーナの身体は激しく震える。

「あっ……！」

胸の頂《いただき》を再び甘噛みされて、エヴァリーナの身体がびくりと跳ねた。

（何、今の……？）

痛いはずなのに、どこかムズ痒《がゆ》いような不思議な感覚。繰り返されるたびに、ぞくぞくとした快感が背筋を走る。

「あ……んっ……ん？」

それが始まりだった。

まるでじわじわと身体中に毒が回っていくかのように、触れられると甘い声が漏《も》れた。

「や……何？　何？」

思わずデメトリオの胸に手をつき、彼を引き離そうとする。だが逆に、デメトリオにその手を掴《つか》まれた。

「そのまま、感じていて」

エヴァリーナが感じ始めたことを敏感に察したデメトリオは、優しい愛撫を強く執拗《しつよう》なものへと変える。舌をのぞかせながら、胸の先端をくすぐり、何度もエヴァリーナの身体を跳ねさせる。最後にちゅっと強く吸って痕《あと》を残すと、胸から顔を上げてエヴァリーナを見下ろした。

すっかり息が上がって顔を上気させたエヴァリーナを見つめ、彼は両手でぐっと彼女の乳房を中央に寄せる。

「んっ……」

普段なら痛いくらいの強さだろう。だが、執拗《しつよう》に弄《いじ》られ続けた胸には、その刺激さえも甘く感じた。

ぷっくりと赤く腫れ上がった先端が胸の中央に寄せられている。と、ぼんやり思った瞬間、デメトリオが赤い舌を伸ばして、その二つの頂《いただき》を交互に舐《な》め始めた。

それは刺激としては弱いものだったが、視覚としては強烈だった。男が自分の乳首をいやらしく舐《な》めている姿がはっきりと見える。

「やだぁ……っ！」

あまりに恥ずかしい光景に、思わず両手で自分の目を隠した。しかし、すぐさまその手をデメトリオに掴《つか》まれ、頭の上で一つに纏《まと》められる。

「大丈夫、もっと溶けて」

「だって……こんなのいやらしいっ……！」

涙目でエヴァリーナが訴えると、一瞬だけデメトリオが大きく目を見開いた。それから「ぐっ」と何かを堪《こら》えるかのように呻《うめ》く。

「あなたは本当に、魔女だな……」

「え……？　ふあっ！」

再び感じた強い刺激に、大きな声を上げて首を左右に振る。目線を下ろすと、片方の乳房を鷲掴《わしづか》みにし、わざとエヴァリーナの顔に近い場所まで押し上げて舐《な》めるデメトリオの舌先が見えた。

あまりにいやらしい光景に、涙が滲《にじ》んだ。

だが、どんなに恥ずかしくても、言葉が声にならない。

出てくるのは、断続的な啼《な》き声だけだ。

まるで、胸の先に全神経が集中しているように感じた。ツンっと硬く尖《とが》った先端が痛いような、痒《かゆ》いようなピリピリとした感覚に襲われる。そのうち、だんだん下腹部にまで熱がこもり始めた。

自分の身体に一体何が起こっているのかはっきりと分からない。ただ、身体にこもった熱をどうにかしたくて、無意識に腰を動かしてしまう。

デメトリオがようやく胸から顔を上げた時、エヴァリーナは息も絶え絶えにぐったりしてしまった。

「さすがに胸だけでは難しい、か」

宥《なだ》めるようにデメトリオの手がエヴァリーナの頬を撫でる。ひんやりとした彼の手にそっと触れると、デメトリオが優しく微笑んだ。だが、その目はちっとも笑っていない。

今、デメトリオの美しい顔に浮かぶ表情は、雄の獣のようだった。

発情してギラギラと光る瞳が、雄弁に彼の心情を語っている。

この先の行為について、エヴァリーナとてまったく分からないわけではない。そして、デメトリオが今すぐにでもそれを望んでいることが分かった。

「私は大丈夫です。どうぞデメトリオ殿下の好きなようになさって……」

息も絶え絶えにそう言うと、デメトリオが頭を振る。

「あなたは酷《ひど》い人だ。私の忍耐を極限まで揺さぶってくる。私は今程、日々の鍛錬《たんれん》で己《おのれ》の精神を鍛《きた》えてきたことを、感謝したことはない」

「え？」

「だが――もう、限界だ」

ブツリ、と何かが切れた音を聞いた気がした。もちろん、そんなはずはないのだが、代わりにデメトリオが覆《おお》い被さってきてエヴァリーナの唇を塞《ふさ》いだ。

冷たかった彼の唇は、キスを重《かさ》ねるうちに熱くなり、口腔《こうこう》に注《そそ》がれる唾液も温かった。唾液と一緒に激しく舌を絡《から》ませるうち、エヴァリーナの身体を撫でていた彼の手が太腿《ふともも》の間に滑り込む。

ハッとして足に力を入れる前に、強い力で足を大きく開かれた。

「んんっ」

思わず出た声は、キスのせいで相手の口腔《こうこう》に呑み込まれる。

エヴァリーナの内股を撫で上げた手は、躊躇《ためら》うことなく秘めた場所に触れてきた。

「あっ……！」

くちゅり、と聞こえてきた水音に、エヴァリーナは羞恥《しゅうち》で顔を背ける。だがすぐに、それを追ってきた唇に口を塞《ふさ》がれた。

漏《も》れそうになる声は全てデメトリオに呑み込まれていく。

デメトリオは、胸の愛撫だけでぐっしょり濡れたそこを優しく上下に撫でる。やがて、エヴァリーナの顔中にキスを降らせながら、その中心に指を一本埋《うず》めてきた。

たった一本の指だというのに、その引きつるような圧迫感に身を震わせる。咄嗟《とっさ》に足を閉じようとしたエヴァリーナを、デメトリオの手が止める。

名残惜《なごりお》しそうに唇を離した彼は、エヴァリーナの中に指を差し込んだまま上体を起こした。

いつの間に脱いでいたのか、惜《お》しげもなく晒《さら》された上半身は、しなやかに筋肉がついていて逞《たくま》しい。

デメトリオはエヴァリーナの頬に軽くキスをすると、そのまま上体を下げて開かれた足の間に顔を近づける。

「え！」

それに戸惑ったのはエヴァリーナの方だ。慌てて足を閉じようとするも、デメトリオの身体で閉じることができない。

「だ、だめです！　そんなところを見ては……！」

初々《ういうい》しいエヴァリーナの反応に微笑んだデメトリオは、無言のまま足の間に顔を埋《うず》めた。

「ちょっ……え？　いやっ……！」

押しのける間もなく、デメトリオの舌が、今度はエヴァリーナの蜜の在処《ありか》を可愛がり始めた。

「やっ……やめ……そんなところ……ダメです……駄目っ！」

エヴァリーナは激しく抵抗する。けれど、デメトリオはばたつく彼女の足を軽々と押さえ込み、足の間からギラギラした目で見つめてきた。

壮絶な色気がデメトリオから溢《あふ》れている。

エヴァリーナは状況も忘れて、その色気に気圧《けお》され、動きを止めた。

「駄目なことなど何もない。大丈夫。俺はただ、あなたを喜ばせたいだけだ」

先程まで、デメトリオは自分のことを「私」と言っていた。それが、いつの間にか「俺」に変わっている。

「だから……俺に身体を開いてくれ」

どこか苦しそうにそう乞《こ》われ、エヴァリーナは涙の滲《にじ》む目を更に潤《うる》ませた。

（そんなこと言われたら……）

最初に約束してくれたように、デメトリオが極限まで我慢《がまん》して、エヴァリーナを気遣ってくれているのが分かった。状況を考えれば、おそらく一刻も早く繋《つな》がりたいだろうに、エヴァリーナを気持ち良くさせようとしてくれている。

息を吐き、ぎゅっと目を瞑《つむ》る。その拍子《ひょうし》に目の端からぽろぽろと涙が零《こぼ》れた。

どうしようもなく恥ずかしかったが、エヴァリーナは覚悟を決める。目を開けると、自《みずか》ら膝を掴《つか》んで、ゆっくりと開いた。

そして、掠《かす》れる声でデメトリオに告げる。

「どうぞ……」

差し出された身体に、一瞬で獣と化した男がのしかかってきた。

「ふぁっ……んっ……んっ……あぁっ……」

喘《あえ》ぎ声が止まらない。

デメトリオが顔を埋《うず》める場所から、絶えず淫《みだ》らな水音が聞こえてくる。

熱く潤《うる》んだそこを舌で舐《な》め啜《すす》られ、指で掻き混ぜられる。

更に、荒く乱れた息遣いと、自分のものとは思えない淫《みだ》らな嬌声《きょうせい》。

それら全てを、エヴァリーナは目を瞑《つむ》って受け入れた。

執拗《しつよう》な程、丹念に開かれたエヴァリーナの身体に、デメトリオが身体を重《かさ》ねていく。

そこがどのように彼を受け入れるのか、エヴァリーナは怖くて見ることができなかった。

ただ、確実に指ではない何かが、エヴァリーナの中に入ってくる。

「最初はどうしても痛いだろうが、許せ」

デメトリオの労《いた》わるような声がエヴァリーナの耳に届く。

ゆっくりと目を開くと、額《ひたい》に汗をかいたデメトリオが苦悶《くもん》の表情でエヴァリーナを見つめていた。

「デメトリオ殿下も、痛いのですか？」

彼の苦しそうな顔に思わずそう声をかければ、デメトリオが苦笑した。

「本当に何も知らないのだな……」

そう言ってエヴァリーナの頬にキスをすると、彼は更に腰を押し進めた。

「ひぅっ……」

痛いのは確かに痛い。だがそれ以上に、身体の奥から何かが溢《あふ》れてくる。

（なんだろう、これ……）

それを掴《つか》みとろうと、デメトリオの背中に手を回す。すると、彼がふっと笑った。

「そうだ、そのまま俺にしがみついていろ」

「アぁっ……」

直後、上ずった声が漏《も》れた。

身体の奥まで、一気に熱いもので貫かれたのだと分かった。大きく開かれた足の間に、デメトリオの身体がぴったりとくっついている。

「よく頑張った」

デメトリオがそう言ってエヴァリーナの目元に再びキスをした。

身体の中で、ドクドクと自分以外の何かが脈打っている。その圧倒的な存在感と熱さにエヴァリーナは戸惑いを隠せない。

「動いてもいいか？」

デメトリオに問われ、エヴァリーナは躊躇《ためら》いながらもうなずいた。

最初はゆっくりとした律動だった。

ずずずと引きずり出された熱塊が、ぐっと勢いをつけてエヴァリーナの中に入ってくる。

「あっ……んっ……」

出し入れされるたびに中が擦《こす》られて声が漏《も》れる。

それをデメトリオが嬉しそうに見つめていた。

「ああ、気持ちが良さそうだ」

（私、気持ちがいいの……？）

繋《つな》がった場所が、じんじんと擦《こす》れて痛いはずなのに、身体の奥から温まっていくような感覚に包まれる。

溶け合ったそこから、全身に気持ち良さが広がっていくようだ。

気づいた時には、激しく身を揺さぶる波に呑み込まれていた。

大きく開かれた足も、零《こぼ》れる声も、卑猥《ひわい》な水音も、全部が全部、気にならなくなっていく。

「気持ち、いい……」

「気持ちいいか？」

「ふっ、あまり可愛らしい声で煽《あお》るな。あなたより先にイッてしまいそうだ」

「うん……うんっ……イッて……イッてください……！」

自分でも何を言っているのか分からない。ただ、身体の中心を何度も突いてくる熱に、ひたすら翻弄《ほんろう》された。

「ひゃあっ……！」

デメトリオに腰を掴《つか》まれたと思ったら、更に身体の奥深くまで杭が入り込んできた。

あまりの圧迫感に大きく目を見開くと、ギラギラとした双眸《そうぼう》がエヴァリーナを捉《とら》える。

次の瞬間、身体が壊れるかと思う程激しい激流がエヴァリーナを襲った。

「やあっ……！」

翻弄《ほんろう》される。

呑まれる。

壊れる。

乞《こ》われる。

「もっとだ」とデメトリオの声が耳に届くが、何がもっとなのか分からない。

のしかかってくるデメトリオに必死にしがみつく自分は、どんな風に見られているのか。

ただ、己《おのれ》が貪《むさぼ》られる感覚に、頭の中が焼き切れそうになった。

時折、引きつった痛みがエヴァリーナを現実に戻すが、次の瞬間には深く食い込んでくる熱に我を忘れる。

「エヴァリーナ」

激しく揺さぶられながら、耳元で名を呼ばれた。

「っ……殿下っ……もう、無理！　あっ……」

あまりの激しさにエヴァリーナが音《ね》を上げる。けれど、デメトリオはエヴァリーナを揺さぶり続けた。そしてその激しさのまま、エヴァリーナに命《めい》じる。

「エヴァリーナ……俺の名を呼べ」

酸欠で朦朧《もうろう》とした頭では、言われていることが上手《うま》く理解できない。

「あ……？　殿下……？」

「違う、俺の名だ」

(彼の名前……？)

「デ……デメトリオ……さまっ……」

デメトリオがその昂《たかぶ》りのまま、エヴァリーナの柔らかい胸に噛みついた。

「ああっ」

エヴァリーナはデメトリオの顔を抱き寄せ、叫んだ。

「デメトリオ……！」

それはまるで、自分を抱く男の名を刻み込もうとするかのようだった。

彼の名前を一際強く呼んだ直後、身を苛《さいな》むような激しい動きが一瞬にして凪《な》ぐ。

自分の中で、彼の熱い昂《たかぶ》りがビクビクと跳ねているのが分かる。

(中……熱い……)

ハアハアと忙《せわ》しない息を吐きながら、エヴァリーナはぐったりと力を抜いた。

デメトリオもエヴァリーナの上に覆《おお》い被さってくる。

押しつぶされて苦しいはずなのに、彼の重さを心地よく感じた。溶け合って境界が分からない程混じり合う感覚。

(……気持ちいい……)

その気持ち良さに、うっとりと心を満たされていくうちに、急激な睡魔がエヴァリーナを襲った。

そこで、ふと、思い出す。

自分はこの男に伝えたいことがあったのだと。

だから、どうしても彼に生き返ってほしかった。生きていてほしかったのだと――

「デメトリオ……」

エヴァリーナが名を呼ぶと、彼女の肩口に顔を埋《うず》めていたデメトリオがゆっくりと顔を上げた。

「エヴァリーナ？」

彼からは、先程までのギラギラした熱が嘘のように引いている。

エヴァリーナはぼんやりしながら彼の頬に手を当てると、にっこりと微笑んだ。

「デメトリオ、ありがとう――」

「え？」

デメトリオが驚いた声を上げたが、既に限界を超えていたエヴァリーナは、これ以上目を開けていられず、そっと目を閉じる。

「エヴァリーナ、それは一体……礼を言いたいのは私の方だが……？」

デメトリオの声が遠くに聞こえる。

それを子守唄代わりに、エヴァリーナは深い眠りの中に落ちていった。

2　王子様、探偵です

翌朝、豪奢《ごうしゃ》な寝台の中で目を覚ましたエヴァリーナが真っ先にしたことは、弟子《でし》の召集だった。

リオネロは目の下に真っ黒な隈《くま》を作りながらも満面の笑みで現れた。

「エヴァリーナ様、契約内容、解読できました！」

「その前に、私に何か言うことはないのか」

「優しくしていただいたんでしょう？」

「まぁね――って、そういう問題じゃない！　師匠の純潔を売るとはどういう料簡《りょうけん》だ、バカ弟子《でし》！」

ガバリとエヴァリーナが布団から飛び起きる。ところどころ赤い痕《あと》の散った裸の胸がぷるんと露《あら》わになり、昨夜の情交の跡を鮮やかに白日《はくじつ》の下《もと》に晒《さら》した。だが、リオネロは顔色一つ変えない。

毎日エヴァリーナの世話をしているリオネロにとって、彼女の裸など見慣れたものだからだ。どんなにその乳が豊かであろうが、リオネロにとっては母や姉のようなもの。恋愛対象になることは決してない。それに元来、性に大らかな兎人《とじん》の気質のせいか、どんなに情交の跡が濃厚でも「仲良しで何よりです」といった程度の扱いだ。

エヴァリーナもそんなリオネロを理解しているので、裸体を晒《さら》しても気にならない。

「だってエヴァリーナ様なら、本当に嫌なら魔法で抜け出せたでしょう？」

リオネロが苦笑しながら、羽織《はおり》を手に取る。さすがに胸をぷるぷるさせながら会話していては、他の者が来た時に外聞《がいぶん》が悪い。そう思って彼女の肩に羽織《はおり》をかけようとしたその時、二人に声をかける者がいた。

「何をしている」

眉間に皺《しわ》を寄せて現れたのは、デメトリオだった。

リオネロはエヴァリーナから離れると、背筋をピンと伸ばして頭を下げる。

しかし、デメトリオは不機嫌も露《あら》わな顔で二人の間に割って入ってきた。そして、エヴァリーナの裸を隠すようにリオネロの前に立つ。

「ここは私の寝室のはずだが？」

デメトリオの声色は鋭く硬い。その声に、リオネロの返事が震える。

「あ、あの、エヴァリーナ様から呼ばれまして……！」

「家に帰るために、リオネロを迎えに呼びました。もう、デメトリオ殿下の体調も戻られましたよね？」

弟子《でし》の様子を見かねたエヴァリーナが、状況を補足する。

起きて支度をしようと思ったら、寝台から起き上がることができなかったのだ。だから、リオネロに着替えを持たせて呼び寄せた。

「家に帰る必要はない」

「え？」

「今正式に、陛下の許可を得てきた」

（なんの許可？　というか、デメトリオの身体が邪魔でリオネロの顔が見えないんですけど）

首を左右に動かしてリオネロを確認しようとした瞬間、デメトリオの一言に衝撃を受ける。

「エヴァリーナを私の妻とする」

一瞬、エヴァリーナは何を言われたのか理解ができなかった。

ようやく理解が追いついたのは、リオネロが驚きながらも「あ、おめでとうございます」と言ってからだ。

「ちょ、ちょっと待って！　何がおめでとうなの？」

「デメトリオ殿下とエヴァリーナ様のご結婚が決まったんですよね？」

「早ければ半年後に結婚式を行《おこな》う」

決定事項として淡々と告げるデメトリオに、それが冗談でもなんでもないと理解する。

「なんで結婚!?」

思わず大声を上げたエヴァリーナを振り返り、デメトリオは真顔で言う。

「あなたの純潔を奪った責任を取りたい」

「はぁっ？」

「私のためにその身を捧げてくれたのだ。男としてきちんと責任を取るべきだろう」

「いやいや……？　いやいやいやいや……」

「エヴァリーナ様、動揺しすぎて言葉が全部一緒になってますよ」

リオネロが冷静に突っ込んできたが、エヴァリーナの頭は上手《うま》く回らない。

(結婚？　純潔を奪った責任？　そんなのあり⁉)

「重い！」

理解する前に反射的に叫んでいた。

重い、重すぎる。こういう場合、女から男に結婚を迫ることはままある。それはそれで重いと思うが、男からそんな理由で結婚しようと言われるのも重すぎるように思えた。

「何が重い？　当たり前のことだろう」

「いやいや、冷静になって考えてください！　魔女の純潔ですよ？　貴族のお姫様でもあるまいし、そんなの捨てておいてくださいよ！」

「何を言う。女性の純潔を身分で差別することなどない」

真っ当すぎるデメトリオの意見にエヴァリーナは頭がクラクラしてきた。

「いや、百歩譲って……その、純潔の責任を取ろうと考えていただけるのは大変ありがたいことなのですが、私には身に余るというか、分不相応《ぶんふそうおう》といいますか……」

まさか、デメトリオが純潔を奪った責任を取って魔女と結婚するなんて言い出すような、ドのつく真面目人間とは思わなかった。さすが誠実の騎士と呼ばれるだけのことはあるが、エヴァリーナにとってはありがた迷惑でしかない。

王子の妻になるなど、一介の魔女には荷が重すぎた。

「結婚なんて無理！」

「エヴァリーナ……？　それ程嫌か……？」

エヴァリーナの強い拒絶に、デメトリオが困惑した表情を浮かべる。

「嫌です。純潔云々《うんぬん》の責任は、お金でもいただければ結構ですから」

「あなたは自分の純潔を金で売るというのか！」

デメトリオの表情が険しくなるが、エヴァリーナとてここは譲れない。

互いに睨《にら》み合っていると、リオネロがおずおずと口を開いた。

「あのぉ……エヴァリーナ様、デメトリオ殿下……お話し中すみませんが、ちょっとご報告したいことがあるのですけど……」

リオネロの声に、エヴァリーナたちがその剣呑《けんのん》な視線のまま、リオネロを見た。リオネロはピンッと耳を伸ばして怯えた顔をしたが、意を決したように言葉を続ける。

「エヴァリーナ様がデメトリオ殿下にかけられた契約魔法について、重大なお話があるのです」

「どんな話だ？」

冷静さを取り戻したデメトリオに続きを促《うなが》され、リオネロは説明し始める。

「一度離れたデメトリオ殿下の魂《たましい》と身体を繋《つな》げるのに、エヴァリーナ様の生命力が必要だったとお伝えしましたよね」

確かに昨日、その話は聞かされた。だからこそエヴァリーナはデメトリオと寝たのだ。デメトリオも国王からその話を聞いていたらしく、黙ってうなずく。

「もう、寝たから大丈夫よね？」

「それが、話はそれ程単純ではなかったんです。……デメトリオ殿下に必要なエヴァリーナ様の生命力は、無限ではないということです」

「だから？」

回りくどいリオネロの言葉に、エヴァリーナが結論を急《せ》かす。リオネロは一瞬躊躇《ためら》った後、キッパリと断言した。

「エヴァリーナ様の残りの寿命が半分になります」

「えっ……じゃあ、残り百年の半分ってことだから、七十歳までしか生きられないってこと？」

「あんた百二十まで生きるつもりだったのか……いや、生きそうだけど……。すごいな、その前向き思考」

リオネロが呆れつつも感心したような呟《つぶや》きを漏《も》らす。

「ちなみに、一度寝たくらいでは、デメトリオ様の魂《たましい》と身体は定着しませんので、これからも頻《ひん》繁《ぱん》に性交する必要があります」

昨日した行為を頻繁《ひんぱん》に繰り返さなければならないと聞き……エヴァリーナは顔をしかめる。

「あー、まあ、この際、寿命はいいとして――」

そう言って、寝乱れた髪を掻くエヴァリーナに、デメトリオが驚いたように声を上げた。

「いいのか？」

「だって、もう分けちゃったものは仕方ないし、それがないとデメトリオでん……――デメトリオが生きていけないなら受け入れるしかないでしょ。で、いつまで性交しなきゃならないのよ」

エヴァリーナが殿下と言いかけたところで、デメトリオの眉間に皺《しわ》が寄った。仕方なく呼び捨てにすると、満足そうにうなずかれる。内心面倒くさい男だと思ったが、それを顔に出さずにリオネロの返事を待った。

「そうですね。ざっと二十年は……」

「に、じゅっ……」

二十年先までデメトリオと性交しなければならないというのか！

「ひ、頻度は」

「最初は二日に一度は行《おこな》った方がよさそうですね。魂《たましい》が定着していないので、非常に不安定です。昨日の時点でデメトリオ殿下が平静を保っていられたのは、奇跡に近いですよ。何せ二日も合体してなかったんですから、飢餓《きが》状態もいいところです。死にかけでしたよ」

確かに昨日のデメトリオはかなり苦しそうだった。にもかかわらず、丁寧にエヴァリーナの身体を開いてくれた。それがどれだけ奇跡的なことだったかを知り、改めてありがたく思う。とはいえ、それとこれとは話が別だ。

「二十年かぁ……」

「ならば、なおさら結婚しかないな」

デメトリオが深く納得したかのように相槌《あいづち》を打つ。

「いや、デメトリオ、王子様ですよね？　性交だけなら、別に側室だって……」

側室と言った途端、グググとデメトリオの眉間に深い皺《しわ》が刻まれた。

「常に性交する必要があるのなら、夫婦という形が一番自然だろう」

「でも、世の中には重婚という結婚形態もなきにしも……」

「私を見損なうな。多大な犠牲を払ってまで生き返らせてくれたあなたを、側室にするような恩知らずだと思うのか」

「恩義や責任を感じての結婚もどうかと思いますが……それに国王陛下だって反対しますよ……ね？」

「その陛下の許可を取ってきたと言っただろう」

「なんで許可したの、王様！」

王子の前ということも忘れて、エヴァリーナは寝台に突っ伏し、頭を抱える。

まったくもって、この事態は想定していなかった。

「純潔だけでなく、あなたの寿命まで半分奪ったというのなら、それこそ妻として迎えることになんの躊躇《ためら》いがあろうか！」

躊躇《ためら》いがあるのはエヴァリーナの方だ。王子妃になるなんてまったく望んでいない。

それをどうやったら、失礼にならないよう伝えられるのか――エヴァリーナが頭を抱えて悩んでいると、その頭をデメトリオが撫でてくる。

「あなたは、自分の寿命が半分になったことに対しては、何も思わないのか？」

「はい？」

「自分の残りの寿命が予期せず半分になってしまったというのに、あなたはそのことを、まったく気にしていないように見える」

デメトリオの表情が陰《かげ》る。彼にとっては純潔に続き、寿命まで半分奪ってしまったことがショックで仕方ないようだ。

「まあ、デメトリオに半分渡したってことなら、無駄遣いにならないでしょうよ。だから、いいのよ、別に」

ちょっと考えてから、エヴァリーナはあっさりとそう告げた。

「もし、あなたが私利私欲のために動くような人だったら、後悔したと思うし、そもそも生き返らせたりしない。でも私は、ずっとあなたがこの国のためにしてきたことを見てきた。私、ただの魔女だけど、あなたがこの国のためにしてきたことには、すごく感謝しているのよ」

それはエヴァリーナの本心だ。

だからこそ、エヴァリーナはいつか、デメトリオに「ありがとう」と伝えたいと思っていた。

「それで、『ありがとう』なのか……」

昨夜、意識を失う前に漏《も》らした一言を覚えていたのだろう。

エヴァリーナは己《おのれ》を見下ろす赤紫色の瞳の美しい男に、にこりと微笑みかける。

「あなたが国のために命を捧げたように、私も国のために命を捧げたってことにしてよ」

何気なく言ったその言葉が、デメトリオの心を撃ち抜いたことに、エヴァリーナは気がつかなかった。

エヴァリーナとしては、そんなに責任を感じる必要はないというつもりで言った言葉だった。けれど、その言葉はデメトリオに大きな衝撃をもって届いたらしい。

「こんな女性がいたのか……」

感嘆とも喜びとも取れる言葉を漏《も》らすデメトリオを見ながら、リオネロは二人に聞こえないような小さな声で「はい、王子様陥落《かんらく》～」と歌った。

一方、エヴァリーナはそんなデメトリオの様子に気がつくこともなく、嬉々とした顔で手を鳴らした。

「うん！　私からも国王陛下に確認するわ。やっぱり魔女が王子の妻って外聞《がいぶん》悪いし！」

「あなたはそんなに私と結婚するのが嫌なのか？」

たちまちムッとした顔になったデメトリオに、エヴァリーナはうんとうなずく。

「二十年間あなたと寝るのは、この際仕方ないけど、王子妃になるのは絶対に嫌」

「王子様からの求婚を、そんな理由で断るのはエヴァリーナ様くらいですよ」

呆れた顔でリオネロにそう言われるが、嫌なものは嫌なのだ。

「それに私、魔女だから子供できにくいし」

「それは、やはり本当のことなのか？」

デメトリオは、魔女の生体について聞いたことがあるようで、淡々と確認してくる。

「ええ。魔女の子宮は魔力を溜める器《うつわ》になっているの。魔法使いなら精巣ね。だから、魔法に携《たずさ》わる者は、結婚しない人が多いのよ」

中には子供のいる魔女もいるが、一般の人に比べて非常にできにくいのは確かだ。最初から子孫が残せないと分かっている相手との結婚など、王族にとっては問題外だろう。

「だから、結婚は――」

「いや、子供ができなくとも構わない。もし私に子供が必要になったなら、親族から養子をもらえばいいだけのことだ」

デメトリオはそっと寝台に腰掛けると、エヴァリーナと目を合わせ、その手を取る。ついでに羽《は》織《おり》を整えて見えそうになっていた乳房を隠した。しかし、エヴァリーナはそこまで自分の身体に頓着《とんちゃく》していない。

ここにいるのは、昨日身体の中まで暴《あば》いた男と、弟子《でし》のリオネロしかいないからだ。

「エヴァリーナ、私と結婚してほしい。確かにあなたに負担を強《し》いてしまうこともあるだろうが、できる限り大切にする。私と共に生きてほしい」

先程よりも強い熱意のこもった目でそう告げられた。

普通の貴族の娘であれば、麗《うるわ》しい美丈夫《びじょうふ》に求婚されるという失神してしまいそうな現実に、エヴァリーナは別の意味で失神したくなる。

（一回寝ただけで結婚とか……あり得ない――）

それはできませんと、口にしようとした時、トントンと控えめなノックの音がした。

「なんだ」

「申し訳ありません、デメトリオ殿下、エヴァリーナ様。陛下がお呼びです」

デメトリオが声をかけると、侍女らしき女性が答えた。

「ほら、やっぱり反対しているんですよ！　早く確認に行きましょう！」

そう言ってエヴァリーナが寝台から下りようとすると、デメトリオが慌てて止める。

「肌が見えてしまう」

彼の咎《とが》める言葉に、そういえば羽織《はおり》の下は全裸だったと思い出す。

デメトリオとしてはたとえ弟子《でし》であっても他の男に彼女の肌を晒《さら》したくないのだろう。

だが、そんな男の機微《きび》をまったく理解していないエヴァリーナは、デメトリオを不満げに見上げる。

「ちょっと、どいてください。着替えられません」

「あなたの弟子《でし》を下がらせ、侍女を呼ぼう」

「必要ありません。着替えはリオネロに手伝わせますから」

ピシリ、と音が聞こえる程、デメトリオの身体が強張《こわば》ったが、エヴァリーナは素知らぬ顔でリオネロを呼ぶ。

「リオネロ。私の服、頂戴」

「えっと、エヴァリーナ様。さすがに僕も今の状況は分かっているというかぁ……」

視線を逸《そ》らしたリオネロが、長い耳をペタリと寝かせて顔を青くする。

「今更、何言ってんの。あんた、私の裸なんて見慣れているでしょ」

「見慣れている……」

「うわぁぁぁ……殿下のお顔はこちらから見えませんが、なんとなくヤバイのは分かりますぅ！　僕、外に行ってますから！」

「ちょっと、それじゃ私の着替え、誰が手伝うのよ！」

「だから侍女に……」

デメトリオがそう口にした瞬間――

「絶対に嫌！」

ピシャリとエヴァリーナが拒否した。

昨日の晩は、急な事情だったこともあり、拒否する間もなく女官たちに世話されることになった。しかし、本来、エヴァリーナは信用した人間以外と極力関わりたくないと思っている。それゆえ、森の奥で厭世的《えんせいてき》に暮らしているのだ。

(たとえ着替えを手伝ってもらうだけでも、見知らぬ人と関わるのは嫌だ)

強い拒絶の表情に困惑するデメトリオに、リオネロが恐る恐る声をかける。

「た、大変申し訳ありません。あの……エヴァリーナ様は見ず知らずの人間と関わるのを嫌います。ここはどうか僕に着替えの手伝いをする許可をいただけませんか」

「リオネロ、デメトリオにいちいち許可を求めないで。あんたは私の弟子《でし》でしょ？　私のものだ。デメトリオにも誰にも、とやかく言わせない」

エヴァリーナがデメトリオの悋気《りんき》を更に煽《あお》るような言葉を放つ。たちまち、悪化した空気に、リオネロの耳がこれ以上ない程ぺったりと頭にくっついた。

「誰が誰のものだと言った」

部屋の中に、静かに響く低い声。先程とは打って変わったデメトリオのその声色に、怒りが含まれているのは明らかだった。けれど、エヴァリーナはそれに臆することなく、真っ向からデメトリオの赤紫の瞳を睨《にら》みつける。

その場の緊張を破ったのは、エヴァリーナでもデメトリオでもリオネロでもなかった。

「も、申し訳ありません！　陛下が急ぐようにとのことです……！」

扉の向こうで空気を察した侍女の声に、三者三様に息を吐く。

「私が着替えを手伝おう……」

最初に妥協案を提示したのはデメトリオで、リオネロがそれに追従した。

「それでは僕は外に出ています。今後は、殿下の許可なく寝室に入らないように気をつけます……！し、失礼しました！」

がばっと頭を下げるリオネロに、ムッとしたエヴァリーナが言う。

「リオネロは私の弟子《でし》だから、許可なんていらないわ」

まだ言うか！　とリオネロが声もなく叫ぶ。だが次の瞬間、エヴァリーナの唇をデメトリオが塞《ふさ》いだ。それを目にするや否《いな》や、リオネロは慌てて寝室を飛び出して行く。

「ちょっ……？　んんんんっ……！」

突然のキスに驚いたのはエヴァリーナだ。

なぜここで、このタイミングでキスをされなければならないのか訳が分からない。

抗議のため口を開けば、そこからぬるりと舌が入り込んできた。

強引に仕掛けてきた口づけだったが、デメトリオの動きは決して乱暴ではない。

優しくエヴァリーナの舌先に己《おのれ》の舌を絡《から》めると、形を確かめるようになぞり、自《みずか》らの口腔《こうこう》に引き入れる。

ゾクゾクとした官能を引き起こす舌遣いに、いつしかエヴァリーナは相手の胸を掴《つか》むような形でくたりとしなだれかかる。

何せ彼女はキスも性交も初心者だ。それなりに知識はあっても、知識と実践は違うのだとしみじみと痛感した。

ちゅっ、と音を立てて唇が離れると、怒りと困惑をまじえた赤紫の瞳がエヴァリーナを見下ろす。

「あなたは私のものだ」

「私は私のものよ」

エヴァリーナはきっぱりと断言し、生き返った王子を睨《にら》み返した。

——死んだ王子を生き返らせた。

そのことに後悔はない。しかし、そこから転じた己《おのれ》の運命に、魔女は大いに頭を抱えるのだった。

心なしぐったりしたエヴァリーナが、国王であるアドルフォと謁見《えっけん》したのは、それから一刻程進んだ頃合いだった。

結局、エヴァリーナはデメトリオに手伝ってもらい、着替えと化粧を済ませた。

ここで問題なのが、デメトリオが用意したらしいドレスローブだ。せっかくリオネロに着替えを持ってこさせたというのに、デメトリオは強引に自分の用意した服の方にエヴァリーナを着替えさせた。

それが、サイズはちょうどいいのだが、何を考えているのか色が可愛らしいピンクなのだ。

「あなたは小さくて可愛らしいから、この色が似合うと思った。よく似合う」

「……」

(何が悲しくて二十歳過ぎた女がフリッフリのピンクなんて着なきゃならないのよ……!)

だが、デメトリオ自《みずか》ら差し出されては文句も言えない。渋々そのドレスローブに袖を通した。仕上げにシフォンのベールの垂れ下がる二つ角の魔女の帽子を被る。

そこでようやく、彼が魔女の正装を意識してくれたと分かったけれど、それにしたってなぜピンク色なのか……解《げ》せない。

「よく似合う」

微笑んだデメトリオに引きつった笑みで「ありがとうございます」と返し、不貞腐《ふてくさ》れた顔で寝室を出る。すると、外で待っていたリオネロがエヴァリーナの服装を見て噴いた。

「ぶふっ……お、お似合いです。エヴァリーナ様」

「リオネロ、あんたにもピンク色の服を仕立ててやるから覚悟しろ」

師を敬《うやま》わない弟子《でし》にそう告げ、アドルフォのもとへ向かう。デメトリオにエスコートされて向かった先は、謁見《えっけん》の間ではなく執務室だった。

「おお、そのような姿も愛らしいな、博識の魔女・エヴァリーナよ」

「……ありがとうございます」

不満はあったが、それらは最大級の我慢《がまん》で抑え込む。

目の前のアドルフォは、場所が執務室のせいか、謁見《えっけん》の間にいた時よりも砕けた口調でエヴァリーナに話しかけてくる。

こうして見ると、アドルフォとデメトリオはよく似ていると思った。だが、その瞳だけは違う。デメトリオも以前は青い瞳だったが、現在の彼は赤紫色の瞳をしていた。それは、明らかにエヴァリーナの魔法の影響だろう。

エヴァリーナは深く淑女の礼をとってから、口を開く。

「発言をお許しください、陛下」

「うむ、許そう」

「ありがとうございます。実は先程、デメトリオ殿下から、陛下が殿下と私の結婚を許可されたと伺《うかが》ったのですが、それは本当でしょうか？」

「ああ、本当だ。リオネロから魔法式を提出してもらったが、そなたたちは、二十年程仲睦《なかむつ》まじく暮らさねばならぬそうだな。ならば夫婦となるのがちょうどいいだろう」

契約魔法の内容も既に伝わっているらしい。エヴァリーナは慌てて言葉をつけ加える。

「それでしたら、せめて妻という形ではなく――」

「生憎《あいにく》、余の代で側室制度は廃止していてな。デメトリオだけに特例を許すわけにもいかぬ」

アドルフォはそう言うと、続けて断言した。

「妻は一人で十分だ」

(そうだ。この王様、超愛妻家だった——！)

アドルフォには三年前に結婚した王妃がいる。しかも大変仲睦《なかむつ》まじい。そのようなアドルフォにとって、側室という考えはまったくないのだろう。

「お、お言葉ですが、私は、王子妃に相応《ふさわ》しくありません」

「そうか？　死人をも生き返らせる稀代《きたい》の魔女であれば、王子妃には相応《ふさわ》しかろうが」

「そんなことはありません！　私は文字の読み書きもできない人間です。そんな者がデメトリオ殿下の妻になるなんて、殿下に恥をかかせるだけです」

思わず声を張り上げて主張する。

そんなエヴァリーナを、隣でデメトリオが驚いたように見下ろした。

「文字の読み書きができない……？」

デメトリオは初めて聞く事実に、怪訝《けげん》な表情を浮かべている。エヴァリーナは、幾度人に話したか分からぬ説明を口にした。

「私は、文字を覚える前に魔女の力が発現しました。以来、その魔力が文字を認識するのを阻害しているそうで、言葉を覚えることはできても、文字を書いたり読んだりすることができないんです」

いつもそのような説明をするが、ほとんどの人は理解してくれない。言葉として理解できるのであれば、当然文字も理解できるはずだと思われているのだ。

エヴァリーナとて、魔女の学校に入る前はそう思っていた。

よりよい魔女になるために、沢山の本を読み、数ある魔法式を覚えようと思っていた。

しかし、どれだけ学んでも文字を覚えられないエヴァリーナを疑問視した学園は、特別に様々な検査を行《おこな》った。

その結果は、エヴァリーナにとって決して喜べるものではなかった。

『君の強すぎる魔力は、君が文字を認識する力を阻害しているようだ。これからどんなに文字を勉強しようとも、君は文字を読むことや書くことは決してできないだろう……せめて魔女の力が発現する前に文字を覚えていたらまた違ったのかもしれないが……残念だ』

そんな教師の言葉に、エヴァリーナは何も言うことができなかった。

魔女は文字を理解し、初めて魔法陣を紡《つむ》ぐことができる。

新しい魔法を作ることができる唯一無二の存在が、魔女だった。

魔法を使う男は魔法使いと呼ばれたし、魔法を使う女もいた。だが、魔法を作れるのは魔女だけなのだ。だからこそ、魔女は自《みずか》らの生み出した魔法を他者に伝えなければならない。そうしなければ、せっかく生み出された魔法を誰も使えないから。

そんな魔女の中で、文字を知らないエヴァリーナは異端すぎた。

それはエヴァリーナの心に根深く傷を残し、今もなお、じくじくと膿《う》んでいる。

「自分の名前も書けない女が妻なんて、恥ずかしいと思いませんか？」

苦笑いを浮かべながらエヴァリーナがそう言うと、デメトリオは真っ直ぐにエヴァリーナを見下ろして言った。

「思わない。恥ずかしくもない。できないことを恥じる必要もない。あなたはそれ以上に素晴らしいものを持っている」

(この人は、本当に真っ直ぐなんだな……)

躊躇《ためら》いなく、できないことを恥じる必要はないと断言する。彼はきっと明るく真っ直ぐな道の上を生きてきたのだと思った。生まれも育ちも、そして生き方もとびっきりの上等な男だ。

(でも、だからこそ、私には無理……)

決して明るい道ばかりを歩いてきたわけではないエヴァリーナにとって、デメトリオの生き方も考え方も眩《まぶ》しすぎた。

「私はあなたを妻にしたい」

「私にあなたの妻は無理です」

二人の言葉は、交わることなく、どこまでも平行線を辿《たど》る。

そんな二人を見ていたアドルフォが、「あ〜、では、こういうのはどうだ?」と声を上げた。

「そなたたちは互いのことをまだよく知らない。特にエヴァリーナは、この城のことも我ら王族についてもほとんど知らないだろう。そこで一旦、婚姻の話は脇に置いて、城に滞在してみてはどうだ?」

「滞在、ですか?」

アドルフォの意図が掴《つか》めず、エヴァリーナが聞き返す。すると、アドルフォは「うむ」と相槌《あいづち》を打ってから、ニヤリと意味ありげな笑みを浮かべた。

どこか腹に一物《いちもつ》ありそうなその表情に、警戒する。

「デメトリオを殺害した人物は未だ捕まっておらぬ。エヴァリーナ、滞在中にその犯人を探してもらえぬか？」

「はっ？」

思いがけないことを言われて声が上ずった。困惑したまま、おずおずと口を開く。

「あの、デメトリオ殿下に、直接ご確認されればいいのでは……？」

「いや……実はその時のことを、何も覚えていないのだ」

隣でデメトリオが、ばつの悪そうな顔で言った。

「覚えて……ない？」

思わず繰り返したエヴァリーナに、デメトリオはうなずく。

「気がついたら塔の部屋にいた。直前の記憶は、夜会に出席したところで途絶えている」

そういえば、目覚めたばかりのデメトリオは自分が死んだことを分かっていなかったと思い出す。

死の直前の記憶がどうなっているのか、本人が覚えていなければ分かるはずもない。

「デメトリオがその状態では、犯人の目星もつけられぬ。博識の魔女・エヴァリーナよ、そなたの魔法でデメトリオを殺した犯人を探し出してはくれぬか？」

「え……」

再びとんでもない提案をされてエヴァリーナは言葉を失う。いくら魔法でデメトリオを生き返らせたからといって、犯人まで見つけられる程、魔法は万能ではない。

さすがにそれは無理ですとエヴァリーナが口を開こうとしたら——

「もちろん、タダでとは言わない。そなたが見事犯人を見つけた暁《あかつき》には、私に可能な限り、そなたの願いを叶えてやろう」

「どんな願いでも……？」

アドルフォが畳みかけるようにエヴァリーナに言った。

「そうだ。富と名誉が欲しいのであれば、国王の名の下にそなたを国一番の魔女と称しよう。デメトリオと結婚したくないのであれば、結婚させないように力を貸す」

「兄上……！」

デメトリオが少し慌てた様子で声を上げる。アドルフォは執務机に頬杖をついて、そんな弟の動揺を興味深げに見つめた。

「デメトリオ。お前もただ強引に求婚するのではなく、誠実の騎士の名にかけて、誠心誠意、心を込めて落としにかかってはどうだ？　身体だけでなく心も結ばれて初めて、結婚相手として認められるのではないか？」

「兄上……」

「いや、私、落ちる気、ありませんから……」

エヴァリーナが口を挟んだが、デメトリオは「心も結ばれてこそ……」とアドルフォの言葉を繰り返すばかりだ。

「分かりました、兄上。私は誠心誠意、心を込めてエヴァリーナが私の妻になってくれるよう妻問《つまど》いしようと思います」

「ちょっ……」

「結婚が嫌なら、犯人を見つけ出さねばなぁ？」

ニヤニヤと人の悪い笑みを浮かべてこちらを見るアドルフォを、エヴァリーナは睨《にら》みつける。だが、相手は国王だと思い直し、グッと拳《こぶし》を握って我慢《がまん》した。

その代わり、挑むようにアドルフォを見つめて告げる。

「博識の魔女・エヴァリーナ、陛下のご提案を謹《つつし》んでお受けいたします。私が犯人を見つけた暁《あかつき》には、必ず一つ、願いを叶えていただきますね？」

（絶対、結婚なんてするものか！）

「うむ。期待しておるぞ。エヴァリーナ」

すると、エヴァリーナの隣でそれを聞いていたデメトリオが、対抗するようにアドルフォに宣言した。

「私も必ずエヴァリーナの心を手に入れてみせます」

「うむ。期待しておるぞ。デメトリオ」

自分にしたのと寸分違わぬ激励に、エヴァリーナは内心苦り切った。

（なんだか、上手《うま》く乗せられた気がする……？）

かくして王子を生き返らせた魔女は、今度は探偵となったのだった。

※　※　※

アドルフォの執務室を後にしたエヴァリーナは、デメトリオから逃げるように塔へと戻った。彼は国王への宣言通り、早速自室の隣にエヴァリーナの部屋を用意すると言ってきたからだ。あのままデメトリオと一緒に居たら、有耶無耶《うやむや》のまま公然と婚約者扱いされかねないので、適当な理由をつけて逃げてきた。

「あくまで私はここに〝滞在〟するだけだから！」

エヴァリーナは既に第二の我が家と様相を変えつつある塔の最上階で、ぐったりと項垂《うなだ》れる。

閉じ込められていた間に森の家の物を召喚《しょうかん》したので、間取りこそ違えど部屋の中身はほとんど同じだ。今は監禁されているわけではないので、扉の外に張りついていた騎士もいない。

ただ、塔の下には今も騎士が一人警備に就いている。外出する際にも常に騎士がついてくるようだ。それは王城の警備上、仕方のないことなのだろう。

テーブルに突っ伏しているエヴァリーナの横を、リオネロがちょこまかと忙しそうに動き回っている。

執務室には入らず外で待機していたリオネロは、エヴァリーナから探偵の話を聞くなり、目の色を変えた。そして塔に戻るなり、護衛の騎士に頼んで何か持ってきてもらったり、部屋の中を駆け回ったり、まるで野兎《のうさぎ》のように跳ね回っている。

何をしているのか問いかけるべきだとは思うのだが、昨日からの怒涛《どとう》の展開にひたすら身も心も疲れていた。

（死んだ王子を生き返らせてエッチして、王様に犯人捜しを頼まれるとか……どんだけ……）

しかも、王子と結婚なんて、あり得ない事態になっている。

つい先日まで森の奥でひっそりと暮らしていた日々が、遠い過去のように思えてしまう。実際には、ここに来てまだ十日も経っていないというのに、だ。

「やっぱり、早く森に帰ろう……！」

ガバッと顔を上げると、沢山の紙束を手にしたリオネロが目の前に立っていた。

「それなら、犯人を見つけないとなりませんね？」

ニッコリ微笑むリオネロに、エヴァリーナは困惑する。

「でも、犯人捜しってどうすればいいの……？」

「それはこの名探偵リオネロにお任せください！」

「名探偵？」

リオネロが沢山の紙束をテーブルにドサドサッと置いた。エヴァリーナはそれらを訝《いぶか》しげに見つめる。

「何、これ？」

「デメトリオ様殺害事件の資料です！　さっき騎士様にお願いして借りてきました！」

どうやら先程跳ね回っていたのは、そういうことだったらしい。

「……はぁ？」

「僕、こういうの憧れていたんです！」

キラキラと目を輝かせたリオネロは、非常に生き生きとした顔をしていた。

そういえばこの弟子《でし》は、エヴァリーナが異世界から召喚《しょうかん》する書物をとても気に入っていた。異世界の言語も習得してしまった程に。

人が次々と死んでいく中、主人公がその犯人を見つけるために奔走《ほんそう》するという空想本を特に気に入っているらしく、エヴァリーナが聞いてもいないのに、嬉々として内容を教えてくれたことを思い出す。

それを真似て色々と準備をしてくれていたのだろう。

ピンッと耳を伸ばして、とてもいい笑顔でこちらを見る弟子《でし》に対し、エヴァリーナはしみじみと感じ入ったように呟《つぶや》く。

「うちの弟子《でし》は本当に優秀だ……」

「でしょ？　僕、こう見えて結構すごいですよねぇ」

得意げに自画自賛した後、リオネロは紙束の中から一番大きな紙をテーブルに広げた。

「まず事件が起きた場所から」

それは王城内の簡易地図だった。事件を知るために必要不可欠なものの出現に、思わず「おぉ……」と声を上げる。リオネロは思った以上に本格的に準備をしてくれたようだ。

「デメトリオ殿下が殺害されたのは、今日から数えて四日前。烏月《うげつ》十五日のことです」

一年は十二の月に分かれ、一つの月は三十の日から成り立ち、一日は二十五の時間から成り立つ。それらはほぼ異世界と変わらないのだと、リオネロが興奮しながら言っていたことを思い出す。

烏月《うげつ》は十番目の月だ。食物の実りが豊富なこの時期は、至るところで夜会が行《おこな》われている。そして王城でも、四日前に盛大な夜会が開かれた。その夜会でデメトリオは殺害されたのだ。

「時間は夜鼠《よねずみ》の刻。殺害場所は、この中庭です」

夜鼠《よねずみ》は二十四番目の時刻なので、かなり遅い時間だ。しかし夜会は大抵日を跨《また》ぐことが多いため、まだ夜会の最中だったはず。

見取り図の城奥にある中庭を指さした後、リオネロはスッと指をスライドさせて手前にある大広間を指さす。

「その日、城では夜会が行《おこな》われていました。夜会の会場はこの広間です」

「遠いわね……」

「ええ、この中庭は王族のための中庭ですから、通常、貴族たちは入れません。この影になっている部分が王族の方々のお部屋に繋《つな》がっていますから当然とも言えますね」

確かに中庭の奥は、地図では城の形を象《かたど》っていたが、黒く塗りつぶされていた。どのような間取りかは、防犯上、隠されているのだろう。

中庭の位置は影のすぐ横なので、人の出入りが制限されることは、地図を見ただけでも分かる。

これは思った以上に面倒だとエヴァリーナは眉をひそめた。

夜会当日ということで、城にはいつも以上に人がいた。そのため犯人となり得る人間は多い。しかし、王族しか入れない中庭が殺害現場であれば、可能性のある人間は限られる。

「デメトリオ殿下は中庭にある噴水の側で、うつぶせに倒れていました。首の後ろを短剣でひと突きされた状態で。その短剣はデメトリオ殿下ご自身のものでした」

「首……」

寝台に安置されていたデメトリオの首に包帯が巻かれていたことを思い出す。

「随分、難しいところを狙ったのね」

「そうですね。ですが人間の急所ですからね」

「だけど、刺すのは難しいわ……」

エヴァリーナはデメトリオの体格を思い出す。かなり背の高いデメトリオの首は、あえて狙う場所ではないように思えた。女や小柄な人物であれば、振り上げたところで届かない可能性がある。それならば背中を刺した方がよほど確実だろう。

「犯人はデメトリオ殿下と同じくらいの背丈の人物ではないかと思われています」

「中庭は王族しか入れないのよね……？」

「そうなってますね」

「デメトリオと同じくらいの身長の王族って……」

「国王陛下と、次兄であられるステラッリオ王太子殿下ですかね」

資料を確認しながら淡々と事実を口にするリオネロに、エヴァリーナは眉間に皺《しわ》を寄せた。

「リオネロ……」

「はい？」

「帰っていいかな」

引きつった顔でそう言うエヴァリーナに、リオネロは首を横に振る。

「犯人を捕まえないと、お嫁さんですよ？　まあ、玉の輿《たまのこし》、素晴らしいと思いますけどね」

「それは嫌だって言ってるでしょ……！　というか、これ、下手《へた》すると王族も容疑者ってことになるんじゃないの？」

「そうですねぇ。当日、国王陛下と王妃陛下のお二人は、先に居室に戻られましたので、犯行は可能です」

(なるほど、デメトリオの死が公《おおやけ》にされないわけだ)

王族同士、まして家族間での殺人など、国家的危機に等しい。

「これ、どうやって犯人を捜せばいいのよ……」

実に面倒くさそうな事態にエヴァリーナが呻《うめ》く。すると、リオネロがキラキラした表情のまま提案した。

「こういう時は、フーダニットよりハウダニットとホワイダニットを探った方がいいかもしれませんよ」

「何、それ？　食べ物？」

聞いたことのない言葉にエヴァリーナが首を傾《かし》げる。リオネロはチチチと舌を鳴らして指を左右に振った。そのもったいぶった仕草に、イラッとする。

「……その耳掴《つか》んで、窓の外にぶら下げてやろうか？」

苛立った気持ちのまま弟子《でし》を睨《にら》むと、たちまち彼は慌て始める。

「そ、そんなに怒らないでくださいよ！　フーダニットは誰が殺したか、ハウダニットはどうやって殺したか、ホワイダニットはなぜ殺したかっていう、異世界の探偵小説に出てくる手法なんですよ！」

「この世界の誰も知らない言葉を、ひけらかすな！　この愚弟子《ぐでし》め！」

ポカリとリオネロの頭を叩くと、大げさに「ふぇぇぇ……」と泣き真似をした。こういう時、愛らしい兎人《とじん》の容姿はつくづく得だなと思う。他の人間がいたら、間違いなく可哀想にとリオネロに同情して、甘い菓子などをあげたりしそうだ。

しかし、十年近く一緒にいるエヴァリーナには、当然リオネロの泣き落としなど通用しない。

「で？　その、どうやって殺したかとか、どうして殺したかっていうのは、どう調べればいいのよ」

呆れながら続きを促《うなが》すと、リオネロはケロリと泣き真似を止めて答えた。

「現場を見て回ったり、動機のありそうな人に聞いて回ったりするみたいです！　事件究明のためにはひたすら自分の足を使って調べろって、オデブ探偵が言ってました！」

「何、そのオデブ探偵って……」

「異世界の書物にそういう本があるんです。いつも箱に入った状態で謎解きする探偵なんですが、事件を解決して痩せないと箱から出られないんです」

　そもそもなぜ箱に入っているのかとか、事件を解決して痩せるってどうしてだとか、色々ツッコミどころが多すぎる。だがその書物が、目下《もっか》リオネロの一番のお気に入りのようだった。

「分かった……とりあえず陛下に申請して、現場やら、周囲の人から話を聞きましょう……一応デメトリオ本人にも聞いたほうがいいわね」

「そうですね！　じゃあ、すぐに申請してきます！　頑張って犯人見つけましょうね！　僕、一回、やってみたかったんですよ！　『事件はこの兎《うさぎ》探偵リオネロがみっちり解決！』って！」

「……」

　エヴァリーナは今度は何も聞き返さなかった。どうせ聞き返したところで、リオネロの読んでいる異世界の書物の話に違いない。きっとデブだからみっちりするのだろうと受け流した。

「それじゃ、明日から色々、聞いてまわりましょう」

　これからの方針を決めると、リオネロが元気よくうなずいた。

「分かりました。僕は明日までにこの捜査報告書を全部読み終えておきますね！」

　こういう時、リオネロのマメな性格は実にありがたい。とはいえ、今回は絶対犯人捜しという状況を楽しんでいるに違いないと思った。エヴァリーナの魔法式を解読する時以上に耳が嬉しそうにピクピク動いている。

「じゃあ、リオネロお願いね」

「任せてください！」

リオネロは自信満々に己《おのれ》の胸を叩いた。早速捜査報告書を読み始めると言う弟子《でし》を残して、エヴァリーナは自分の部屋に入る。

塔の最上階にある円形の部屋は、中央を居間として使い、それを挟んで対極に魔法で互いの部屋を作っている。元の部屋が円形のため、それぞれの部屋は半円の変わった形になっていた。

エヴァリーナの部屋は、入ってすぐに壁一面の書棚がある。そして中央に置かれた寝台はデメトリオの遺体が安置されていた物をそのまま拝借した。

彼は生き返ったのだし、特に問題はないだろうと考えてのことだ。

そういう点で、エヴァリーナの感覚はだいぶおおざっぱだった。

そして、部屋の中もお世辞にも綺麗とは言えない。寝台の周りにどっさりと本が置かれている。

それらは全て異世界から召喚《しょうかん》した書物だ。

本を読めないはずのエヴァリーナの部屋に、どうしてそんなに本が沢山あるのか。

理由は単純だった。

異世界の本には、ほとんど絵だけで描かれている本があったのだ。それは画集とは異なり、いくつもの四角いマスの中に人物が描かれ、会話したり動いたりしている絵物語だ。

そこに描かれた人物の表情はとても豊かで、文字の読めないエヴァリーナにもなんとなく話が理解できた。

だから、エヴァリーナは異世界の書物を集める。その一風変わった本を〝読む〟という行為が、文字の読めないエヴァリーナにとってはとても楽しいことだったからだ。

「久しぶりに、召喚《しょうかん》しようかな……」

あまりにも色んなことが起きすぎて、疲れた心を慰《なぐさ》めたい気持ちもあった。

エヴァリーナは早速召喚《しょうかん》の準備に取りかかる。とはいっても、異世界に直接干渉《かんしょう》するのは好ましくないので、召喚《しょうかん》する本は向こうで不要となったものに限定している。

リオネロに言わせると、酷《ひど》く難しい条件づけが魔法式に組み込まれているらしいのだが、エヴァリーナには分からない。

恐らくエヴァリーナ以外には、誰一人として異世界と繋《つな》がる魔法陣を作ることはできないだろう。

エヴァリーナは呼吸を整えると、目を瞑《つむ》り、言葉に魔力を乗せる。

「ひとつふたつみっつよつ、『収集』」

謳《うた》うように文字を数え、二文字の言葉を紡《つむ》ぐ。

その、たった二文字の言葉に、凄《すさ》まじい量の〝文字〟や〝数字〟が乗せられていった。それらは青白く宙に浮かび上がり、魔法陣を構成し始める。

誰もが見惚《みと》れてしまう程、エヴァリーナの作る魔法陣は美しかった。

その青白く光る魔法陣の中心に、エヴァリーナが手を伸ばす。

次の瞬間、一際強く魔法陣が光り、ドサドサドサと本が床に落ちた。役目を終えた魔法陣が空中に霧散《むさん》する。

エヴァリーナは床に落ちた本を魔法で綺麗にしてから、寝台に放り投げる。

簡素な部屋着に着替えると、ごろんと寝台に寝転んで本を見始めた。

異世界の、この絵物語は本当に面白い。

戦ったり、何かの球を蹴ったり、こちらと同じ魔法のようなものを使ったりと、とにかく内容が幅広い。それらを見るたびに、エヴァリーナの心は浮き立った。

同時に、こんなに色んなものが溢《あふ》れていて、よく世界が混乱しないものだと感心してしまう。

面倒事の数々をすっかり頭の隅に押しやって、彼女は夢中になって本を読んだ。

寝台に横になったまま本に集中していたエヴァリーナは、最後の一冊を開いた瞬間、ピシリと固まった。

その本は最初の頁《ページ》に色鮮やかに彩色された紙が入っていた。そこに描かれているのは、絡《から》み合う裸の男女——つまり、つい昨日、エヴァリーナがデメトリオとした行為そのものだった。

「う……」

今までもたまにそのような本が紛《まぎ》れ込むことはあった。

エヴァリーナはいつも、読めそうなものは手元に残し、あまりにも過激なものは送り返している。ある程度好みが決まってくると、予《あらかじ》め召喚《しょうかん》の時に省くよう魔法陣に組み込んでいた。

だが、今日は疲れていたせいか、どこかで魔法式を間違えてしまったようだ。

裸で絡《から》み合い睦み合う男女の姿にエヴァリーナはつい見入ってしまう。

「確かにこういうので見たことはあったけど……」

パラパラと頁《ページ》を捲《めく》れば、やはり昨日、デメトリオにされた行為が、描かれている。

一度体験してから改めて見てみると、異世界もこの世界も、することは変わらないのだ、としみじみ実感した。

「え……こんなこともするの？」

結局食い入るように頁《ページ》を捲《めく》り続けるエヴァリーナは、見開きで大きく描かれた性交の絵にクラリとする。

昨日、エヴァリーナがデメトリオと抱き合った時は、互いに正面を向いていた。いわゆる正常位と言われているものだ。

しかし、エヴァリーナが目を奪われた頁《ページ》には、身体を繋《つな》げた状態で男性が立ち上がっている様子が描かれていた。

「え？　えええ？」

こんな不安定な格好をして何が楽しいのだろうと思った。

リオネロに聞けばこの二人がどうしてこんな格好でしているのか分かるだろうが、さすがにこんなことを聞くことは憚《はばか》られる。

そもそも性行為とは寝台の上で寝ながらするものではないのか？　頭の中がますます混乱してきたエヴァリーナは、その本を食い入るように見つめていた。

だから、声をかけられて初めて、エヴァリーナは自分の部屋にもう一人いることに気がついたのだ。

「何を見ているんだ？」

「え？」

恐る恐る背後を振り向けば、そこにはあろうことかデメトリオが立っていた。

「はあっ!?」

思わず素っ頓狂《すとんきょう》な声を上げ、慌てて身体を起こすが、見ていた本はそのままだ。

「な、なんで部屋にいるの？」

「なぜ？　あなたが私から事件の時の話を聞きたがっていると、リオネロから聞いたのだが……」

どうやらリオネロは、あの後すぐ、騎士に頼んで関係者に伺《うかが》いを立てたようだった。

「それは明日の話ですよ……！」

「いや、あなたに呼ばれたとあれば、何を置いてもすぐに来よう」

ニッコリと微笑むデメトリオは絵になる程麗《うるわ》しかった。しかし、今はいただけない。

「だ、だったら、部屋に入る前にノックくらいしていただけませんかね!?」

女性の私室に許可無く入ってきたことを咎《とが》めれば、それも軽くかわされる。

「一応したのだが返事がなかったからリオネロに確認した。そうしたら、入って構わないと言われてな」

（リオネロ――!!）

とはいえ、リオネロとて、まさか師匠が卑猥《ひわい》な本を読んでいるとは思いもしなかっただろう。

タイミングの悪さに、エヴァリーナは弟子《でし》を恨みたくなる。

「それで話というのはなんだ？」

「あ、えっとですね……」

卑猥《ひわい》な頁《ページ》が開かれたままの本を背中に隠し、エヴァリーナは事件のことをデメトリオに問う。

「デメトリオは、自分を殺した犯人に心当たりとかないのかな、と思って」

「ないな」

間髪容《かんはつい》れずにデメトリオが答えた。

「普段から仲が悪かったとか、自分を邪魔に思っている人とか、いないの？」

「いない。もし、いたとしても、そうした人間に背中を見せるようなことはしない」

「ですよねぇ……」

デメトリオの言うことはもっともだ。武官でもある彼が、自分に敵意を向ける相手に隙を見せるとは思えない。

「刺された時の記憶もないんだよね……？」

以前も聞いたことをもう一度確認すれば、デメトリオはうなずく。

「ああ。だから、本当に自分が死んでいたのだと、この首の傷がなかったら信じられなかっただろう」

首の後ろに触れるデメトリオの表情は複雑だった。どうして自分が殺されたのか——殺された本人こそが知りたいのかもしれない。

「他に聞きたいことはないか？」

デメトリオが続きを促《うなが》すが、エヴァリーナも今のところこれ以上聞くことはなかった。

「うん……もし何か思い出したら聞かせて。わざわざ来てくれてありがとう」

そう礼を述べると、デメトリオはにっこりと笑って「分かった」と答えた。

そして、なぜかギシリと音を立て、エヴァリーナの寝台に腰を下ろしてくる。

「では、次は私が質問してもいいか？」

「ん？」

デメトリオがエヴァリーナに覆《おお》い被さるように迫ってきた。

「え？　ええっ？」

突然のことに慌てて彼の胸を押し返そうとするが、デメトリオはそれをものともせず、エヴァリーナの背後に手を伸ばす。

「これはなんだ？」

「あ――――！」

デメトリオがエヴァリーナの背後から取り上げたのは、隠したつもりの本だった。

エヴァリーナが咄嗟《とっさ》に手を伸ばすが、デメトリオの方が早かった。彼はパラパラと頁《ページ》を捲《めく》って中身を確かめていく。エヴァリーナは寝台に突っ伏した。

恥ずかしすぎて顔から火が出そうだ。

「ほぉ……？」

デメトリオの声にギクリとする。

いつもの生真面目な堅苦しい声ではなく、どこか艶《つや》を含んで聞こえたのは気のせいだろうか。

「これはまた、随分変わった書物だな」

「ええ……」

「紙もすばらしくいいし、どうやって綴《と》じられているのかも分からない。だが、何よりも内容がすごいな」

「た、たまたまです！　たまたま異世界から召喚《しょうかん》した本に紛《まぎ》れていて――！」

エヴァリーナの言葉にデメトリオが大きく目を見開く。

「異世界から召喚《しょうかん》した書物なのか。さすがだな、エヴァリーナは」

心から感心したように呟《つぶや》かれた言葉が、今はまったく嬉しくない。何せ、そこには男女の性行為がひたすらねちっこく描かれているのだから。わざわざ異世界からそんな本を召喚《しょうかん》したエヴァリーナの品性が疑われてもおかしくない。

「随分この頁《ページ》を熱心に見ていたようだが……」

デメトリオが開いたのは、先程エヴァリーナが釘づけになっていた頁《ページ》だ。

「いえっ……、それは！　ちょっとそんなこともできるのかって、驚いて……！」

強気で結婚を断った魔女が、顔を真っ赤にさせ、しどろもどろに弁解をする。デメトリオはそんなエヴァリーナを楽しそうに目を細めて見ていたが、ふと何かを思いついたように口を開いた。

「そうだ。あなたは軽いからできなくはない。してみせよう」

「え――？」

デメトリオはパタリと本を閉じて、寝台脇のテーブルに置く。そして、ゆっくりとエヴァリーナに、にじり寄った。

「え？」

「ふふ。そんな顔をするあなたも可愛らしいな」

顔が整っているだけあって、その妖艶《ようえん》な笑みの破壊力は凄《すさ》まじい。先程とは別の意味で頬を赤くするエヴァリーナに、デメトリオが顔を近づける。ふんわりと甘い匂いがした。

「え？　あの……！　なんで？」

唇が触れ合う瞬間、エヴァリーナがデメトリオの胸を押し返してそう問いかける。

「この書物のような体位ができるか知りたいのだろう？」

「ええぇ？　だからって――！」

動揺するエヴァリーナの足を、すっとデメトリオの手が割る。流れるような動作で、スカートの中に手が滑り込み、内股をゆっくりなぞられる。それだけでゾクゾクとした震えが走るが、デメトリオの手はそこで止まらなかった。

「……！」

ハッとしたエヴェリーナが慌てて足を閉じようとした時には遅すぎた。

彼の指が、下着の上から優しくそこを撫でる。下着は既にじっとりと濡れており、そこから染み出たものがデメトリオの指を湿らせていく。

「濡れているな」

端的に事実を言われ、エヴァリーナは真っ赤な顔を俯《うつむ》けた。

下着が濡れたのは、デメトリオに触れられたからでないことは、自分でも分かっていた。刺激的な本を見たことで、昨日の情交を思い出して変な気分になってしまったのだ。

「いつもこのような書物を読んでいるのか？」

意地悪くデメトリオが問いかけてくる。その間にも、指が下着の上を撫で続けていた。上下にゆっくりと撫でられるたびに、ビクビクと身体が震える。

エヴァリーナは俯《うつむ》いたまま、首を左右に振った。

「きょ、今日はたまたま……！」

「その割にはしっかり最後まで読んでいたな」

「だって、昨日あんなことしたばかりで、異世界でもすることは同じなのかと思ったら――！」

「好奇心で見たと？」

エヴァリーナははっきり肯定するつもりで顔を上げた。すぐ間近にあったデメトリオの赤紫の瞳とかち合い、ドキリとする。

匂い立つような色気を纏《まと》った男が、自分を見下ろしていた。

「エヴァリーナ」

デメトリオが優しくエヴァリーナの名前を呼ぶ。そしてゆっくりと口角を上げ、エヴァリーナに告げた。

「好奇心だけでは、ここは、こんなに、濡、れ、な、い」

（なんでわざわざ強調して言うの……⁉）

自分の痴態《ちたい》を意識させられて、エヴァリーナは恥ずかしさのあまり泣きそうになった。実際、既に目は潤《うる》んでしまっていたし、頬はりんごのように赤く紅潮していた。

エヴァリーナは必死にデメトリオの胸を押し、抵抗を試みる。

それがどんなに弱々しく無駄なものだとしても。

しかし、デメトリオの指は下着の上からグリグリとエヴァリーナの花芽を強く刺激してきた。

「んあっ……！」

思わず甲高い声が上がり、ぎゅっとデメトリオの腕を内股で締めつける。

「だめ、それ以上動かさないでぇ……」

涙目でデメトリオを見ると、彼はそんなエヴァリーナの懇願を切って捨てる。

「エヴァリーナ、それは逆効果だ」

「え？　あっ……」

デメトリオの指は更に執拗《しつよう》にエヴァリーナの下着の上から花芽をなぞる。

甘い声が部屋に満ち、下着に蜜が染みる。

思わずデメトリオを見て、違うのだ、と首を横に振る。すると、デメトリオは愛おしそうにエヴァリーナを見つめて微笑んだ。

そして、涙の滲《にじ》むエヴァリーナの目元にキスをする。

「大丈夫、こうなるのは自然なことだ」

「で、でも……私、あなたのこと好きじゃないのに、こんなっ……！」

感謝はある。だけど愛ではない。

そのことをしどろもどろに告げると、デメトリオは「大丈夫」ともう一度言った。

「こんないやらしい本を見ていては、そうなっても仕方ない」

(それって、全然慰《なぐさ》めになっていない！)

反論する前に唇を塞《ふさ》がれた。そのままゆっくりと寝台に押し倒される。

いつの間にか足を大きく開かされていた。昨夜教え込まれたばかりの快感が、徐々にエヴァリーナの全身を犯していく。

そんな彼女の耳元でデメトリオが囁《ささや》いた。

「あんな風にされる自分を、想像した？」

あまりのいやらしい言葉にクラクラする。

そんなこと思いもしなかったのに、言われた瞬間に意識してしまった。立った状態で貫かれる自分を想像し、とろりと奥から蜜が零《こぼ》れる。

「あなたが知りたいことは、全部、私が教えよう」

「んあっ！」

ぐぐっとデメトリオの指が膣《ちつ》の中に入ってくる。しっかり濡れたそこはなんの抵抗もなく彼の指を奥まで呑み込んだ。エヴァリーナは堪《たま》らずデメトリオにしがみつく。

「可愛い」

デメトリオは嬉しそうに呟《つぶや》いて、エヴァリーナの唇にかぶりついた。キスというにはやや荒々しく唇を吸われ、エヴァリーナはすぐに快楽の波に呑み込まれてしまう。

「んっ……ふっ……」

喘《あえ》ぎ声は全部相手の口腔《こうこう》に呑み込まれる。抵抗することもできずエヴァリーナはデメトリオに貪《むさぼ》られた。

その後のデメトリオの手際の良さは、見事としか言いようがない。

キスの合間に声が出た。それを堪《こら》えるように身をよじれば、そのタイミングで衣類を剥《む》かれる。気づいた時には、全ての衣服が脱がされていた。

剥《む》きだしの肩にデメトリオがそっと口づけを落とす。

「まだ痛い？」

少しひりつく蜜源を、デメトリオに優しくなぞられる。エヴァリーナは身体を震わせて、首を横に振った。

「気持ちいい？」

(痛いって言うより……)

「……」

今度は首を横に振れなかった。しかし、それだけでデメトリオには伝わったらしい。

「そう、なら良かった」

彼は嬉しそうに言いつつ、するりと指の数を増やした。

キスをされながら、そこを掻き混ぜられると、火がついたみたいに蜜源がくすぶり始める。焦《じ》れったいような物足りないような、不思議な感覚に身を震わせた。

戸惑ってデメトリオを見上げるエヴァリーナを、彼は愛しげに見下ろしている。

「あなたは本当に可愛い」

赤紫色の瞳の美しい男にそんなことを言われて、胸が高鳴らないわけがない。恥ずかしさをごまかすように強くしがみつくと、くすりと耳元で笑われた。

「挿入《いれ》るよ……」

そして、自分の中を掻き回していた長い指が抜かれる。次いで、衣擦《きぬず》れの音と共に、指ではない圧倒的な質量を持った何かがそこに宛てがわれたのが分かった。

思わず身体を強張《こわば》らせると、宥《なだ》めるみたいにキスをされる。

「大丈夫、気持ちがいいから」

そのまま、ゆっくりと挿入された。

丸くて熱い先がゆっくりと自分の中を押し広げる感覚に、エヴァリーナはキスの合間に吐息を漏《も》らす。

中が満たされていくぞくぞくした感覚と同時に、気持ち良さにうっとりとしてしまう。二度目だというのに、どうしてこの身体はこんなにも簡単にデメトリオに開かれてしまうのだろう。それが悔しくもある。

つい悔しさ紛《まぎ》れに、可愛げのない言葉が口から出た。

「私、あなたのこと、好きじゃないっ……」

「私はあなたのことが好きだ」

すると、すかさずそう返された。

そのままゆっくりと彼自身が身体の奥深くまで入ってくる。まるで心の中にまで入り込んできそうなデメトリオの熱に、エヴァリーナは無意識に逃れようと身をよじった。だが、そんな身体ごとすっぽり抱き込まれる。

「エヴァリーナ、好きだ。あなたのことを知れば知る程、どうしようもなく好きになる」

そんなの気の迷いだ――そう、言い返す前に身体を揺さぶられ始めた。

「あっ……ああっ……」

「あなたがしたいと思うことは、どんなことでも私が叶えたい」

そう言って、デメトリオはエヴァリーナの背中に手を回し、そのまま起き上がる。寝た状態から抱き起こすなんて、どれだけ力が強いのだと感心してしまったが、それだけでは済まなかった。

上体を起こされたエヴァリーナは、彼の腿《もも》を跨《また》ぐような形で座らされる。

しかも、その間、彼の楔《くさび》はしっかりとエヴァリーナの中に納まったままだ。

「えっ……デメトリオ？」

「ん？」

デメトリオが悪戯《いたずら》っ子のような微笑みを浮かべる。嫌な予感がした。

エヴァリーナはぐっとデメトリオの胸を押し、彼から距離を取ろうとしたが、その手を逆に掴《つか》まれて言われる。

「しっかり掴《つか》まって」

「え?」

次の瞬間、ぐっと尻を持たれた。

「ふぁ? えっ! いやぁぁ……!」

デメトリオが彼女を抱えた状態で膝立ちになった。

ぐんっとした浮遊感。

一気に身体が浮き上がり、エヴァリーナは本能的に彼にしがみつく。

身体の中に深くデメトリオを呑み込んだままそんなことをされて、悲鳴が上がった。

「きゃあああ」

最奥《さいおう》まで入っていると思った彼が、更にぐぐっと奥まで入ってくる気がする。身体が真ん中から裂けてしまうのではないかという恐怖に、エヴァリーナは足でデメトリオの腰にしがみつく。

あっという間に、本と同じ体位になった。しかも、意図せず自分の尻はあの本と同じように汁まみれになっている。

恥ずかしくて、それ以上に身体の中心が熱くて、ただ必死にしがみついていることしかできない。

デメトリオは不安定な体勢をものともせず、両手でエヴァーナの尻を鷲掴《わしづか》み、揉《も》みしだく。

「ふっ……あっ!」

「ほら、もっとしっかりしがみつかないと落ちるぞ」

「いやあ……!」

半泣きになってデメトリオにしがみつく手足に力を入れた。

（怖い怖い怖い、落ちる、落ちる！）

声なき声はデメトリオにも届いているらしく、目の前のデメトリオはうっとりと気持ち良さそうな顔をしながらエヴァリーナの頬をペロリと舐《な》めた。

「上手だ。上手《うま》くできている」

エヴァリーナの尻から片手を外し、頭を優しく撫でてくる。だが、片手が外れただけでずずっと身体が下がり、彼女の中をいっぱいにしている楔《くさび》が更に深く入り込んできた。

「いやだぁ……、怖いっ……手、離さないで！」

エヴァリーナが涙目でデメトリオに訴えかける。デメトリオはいつもの誠実さはどこへ行ったのかと思う程、意地の悪い笑みを浮かべて首を横に振った。

「大丈夫だ。ほら、もっと奥へ挿入《いれ》させて」

ぐっと腰を突き上げられると、身体の中の熱塊がゆっくりと動くのが分かる。経験したことのない状況に心は恐怖したが身体は歓喜した。

昨夜、丹念に快感を覚えさせられた場所は、すっかりデメトリオの形を覚えてしまっていた。

「そうだ……もっと揺らして。はあ……上手だよ」

熱い息を吐きながら腰を揺らされるたびに、目の前をチカチカと星が飛ぶ。

同時に、たとえようもない快感にエヴァリーナの奥からどっと蜜が溢《あふ》れた。

「ふふふ、エヴァリーナの蜜が私のものを伝って、内股まで流れてきているな」

立った状態で繋《つな》がっていれば、当然溢《あふ》れる蜜は下へ落ちる。

「ひどぃ……そんなこと言わないで！」

下唇を噛んでエヴァリーナがデメトリオに抗議する。しかし、デメトリオは蕩《とろ》けるような笑みをエヴァリーナに向けた。

「酷《ひど》くない。可愛いよ」

乱れた彼の呼吸は、抱き合っているエヴァリーナにも伝染する。

「やっ……ダメ……どうして……っ」

どうしてこんなに気持ちいいのか分からない。熱い塊《かたまり》が身体の中を擦《こす》るたびに、じんじんとした快感とともにエヴァリーナは蜜を溢《あふ》れさせる。

「本当にあなたは濡れやすいな」

そう言いながら、デメトリオが濡れた尻の割れ目にそって蜜を掬《すく》い上げた。堪《たま》らず、エヴァリーナは短い悲鳴を上げて、強くデメトリオを締めつける。

「いや……もう……怖い……っ！」

涙ながらに下ろしてくれと懇願すると、デメトリオがふっと笑った。

「でも、気持ちがいいだろう？」

「んっ……あっ……」

「いい？」

もう一度確認され、更に下から強く腰を上下に揺さぶられ、エヴァリーナは観念した。

「いい！　いいけどッ……怖いっ……！　下ろして……！」

「分かった」

デメトリオは了承するとちゅっと口づけをして、ゆっくりと膝を折りエヴァリーナを寝台に寝かせた。必死にしがみついていた足が、だらりと落ちる。彼はその右足を肩に担《かつ》ぎ上げ、更に奥へ奥へと押し入ってきた。

「試してみた感想は？　これからも、あなたがしたいと望むことは全て私に教えてほしい」

（こんなの望んでない……！）

精一杯首を横に振るけれど、デメトリオには通じない。

彼は愛おしげにエヴァリーナを見下ろし、見当違いなことを呟《つぶや》いた。

「ああ、そんなに喜んで」

（気持ちはいいが、喜んでなんていないのにっ……！）

それでも気持ち良さに、どろどろに蕩《とろ》けている自分がいる。触れ合うか所から快感が広がっていく。

その快感に身を浸《ひた》しているうちに、段々と意識が白くぼやけていく。

近い――

何が近いのかは、昨夜、デメトリオに教えられたばかりだ。

「ああ……俺も、もうすぐっ……くっ」

デメトリオの動きが更に激しくなり、エヴァリーナは彼に強くしがみついて、ぐっと彼自身を締めつけた。

「エヴァリーナ、好きだ……！」

吐き出すようにそう愛を囁《ささや》かれ、その声で視界が霞《かす》んだ。

ガンッと身体の奥深くに彼自身を押し込まれ、声なき声を上げる――

そして、すべては真っ白になった。

3　王子様、結婚したくありません

翌朝。エヴァリーナの目覚めは決して良いものとは言えなかった。

彼女の身体を包んでいたのは柔らかな寝具ではなく、硬い男の身体だ。

腕の中にエヴァリーナを抱え込んだデメトリオは、うっとりと彼女の髪にキスをして、「おはよう」と告げた。

「なんでここにいるんですか？」

「少しでも長くエヴァリーナと共にいたいから」

その多分に甘さを含んだ言葉に、エヴァリーナの顔が真っ赤になった。

「本当はずっと傍にいたいのだが、朝の訓練があるので行かねばならない。身体は軽く拭いておいたが湯浴みの用意をするように伝えてあるから、後で入るといい」

デメトリオはそう言うと、名残惜《なごりお》しげにエヴァリーナにキスをして寝台から起き上がる。

エヴァリーナも起き上がろうとしたが、さすがに寝室から二人で出ていくのは気まずいので、デメトリオが着替える様子を、毛布に身を包んで眺めていた。

鍛《きた》え上げられた背中は、とても美しい。しかし、その背中にうっすらと赤い線が何本か入っているのに気づいた。

そこで、ハッと自分の両手を見つめる。おそらくあれらは、昨日しがみついた時にエヴァリーナが引っ掻いた痕《あと》だろう。

「デ、デメトリオ……背中……！」

「ん？」

服を着たデメトリオが不思議そうにこちらを振り返る。エヴァリーナがしどろもどろになって、背中の痕《あと》について説明した。

「ああ」

彼はクスリと小さく笑って、毛布にくるまるエヴァリーナに近寄り額《ひたい》にキスをする。

「気にしなくていい。私こそ昨日は少し意地悪をした。すまない」

（どうしてそんな優しいこと言うかな……！）

確かにあんな不安定な形での行為は非常に怖かった。けれど、怯えながらも感じてしまったので、お互い様だろう。

顔を赤くして目を伏せるエヴァリーナを愛おしげに赤紫の瞳が見つめる。

「エヴァリーナ、好きだ」

もう一度そう囁《ささや》かれ、エヴァリーナはぐっと唇を噛みしめる。徐々にその視線に耐え切れなくなって、再び毛布の中にもぐりこんだ。

「そんなこと言われても、私はあなたと結婚しないんだからっ……！」

デメトリオは、それに対しては何も返事をしなかった。ただ、エヴァリーナの頭を毛布の上からポンポンと撫でて、代わりに問いかける。

「また今晩、ここに来ても良いか？」

「契約では、そんなに毎晩しなくても問題ないんでしょ……！」

リオネロが言うには、二日に一度くらいで大丈夫だったはずだ。その回数が多いのか少ないのか、経験のなかったエヴァリーナには分からないが、それでも毎日する必要がないことは分かっている。

「しなくていい。ただ、あなたと話したい。あなたに私がどんな人間か知ってもらいたい」

今度はエヴァリーナが黙り込む番だった。デメトリオはエヴァリーナの返事を待っていたが、しばらくして、「また今晩に」と言って、部屋を出て行った。

「絶対……結婚しないんだから……」

それでも少しずつ、デメトリオに対する、なんとも形容しがたい感情が芽生《めば》えつつあることを自覚し始めていた。

契約魔法のために、身体から始まった二人である。

それなのに、身体が触れ合う気持ち良さだけではない何かが、胸の中に湧き上がってくる。

それがなんなのか考えたくなくて、エヴァリーナはガバリと毛布から飛び出した。

「絶対、結婚なんてしない！」

もう一度、自分に言い聞かせるように言って、服を着て湯浴みをするために部屋を出た。

幸い、リオネロはまだ眠っているらしい。顔を合わせて気まずい思いをすることなく塔の下で湯浴みを済ます。

そして部屋に戻ると、出迎えたリオネロに生温《なまぬる》く微笑まれた。

「昨晩は随分お楽しみのようでしたね」

思わず「えーい」とリオネロに向かって拳《こぶし》を突き出した。

リオネロは俊敏な動作でそれをかわす。

「ああ、元気そうですね。良かった」

本当にこの弟子《でし》は師匠に対する労《いたわ》りが足りないと、エヴァリーナはつくづく思う。

「今日からデメトリオ殿下殺人事件の調査です、エヴァリーナ様！　しっかりついてきてくださいよ！」

探偵気取りのリオネロが張り切った様子を見せる。

「そういえば昨日、デメトリオ様にちゃんと聞いてくれましたか？」

「何を？」

「事件のことです」

「あー、一応は聞いたわよ。でも自分を殺すような相手に心当たりはないって言っていた」

「え、それだけですか。デメトリオ殿下、朝までいらっしゃいましたよね？　もしかして、ナニしかしてなかったんですか!?」

弟子《でし》の明《あ》け透《す》けな暴言に、エヴァリーナは顔を赤くしながら目を逸《そ》らした。

話を聞くために呼んだデメトリオに、卑猥《ひわい》な本を読んでいるところを見つかってしまい、そのまなし崩し的に性交してしまったとは、言えるわけがない。

「と、とにかく、デメトリオからはめぼしい話は聞けなかったから！　今日は他の人に話を聞くんでしょ？」

取り繕《つくろ》うように話を逸《そ》らす。すると、まだ何か言いたげだったリオネロが、口を閉じた。さすがに引き際はきちんとわきまえているようだ。

代わりにグッと親指を前に突き出し、白い歯を見せた満面の笑みで言う。

「みっちりばっちり事件を解決！　この名探偵リオネロにお任せあれ！」

そもそもリオネロは太っていないし、箱にも入っていないし、解決した事件など一つもないから名探偵でもない。

「あんた、単にそれが言いたかっただけでしょ？」

「ハイ！　エヴァリーナ様、謎解きってドキドキしますね！」

これから始めるのは殺人事件の捜査だというのに、リオネロは目をキラキラさせている。

そんなリオネロを眺めつつ、エヴァリーナはどこで弟子《でし》の教育を間違えたのだろうと、ため息をついた。

「朝食をとったら、出かけましょう……」

ポンとリオネロの頭を叩く。

「はいっ！」

元気よく返事をしたリオネロは、届けられたばかりの朝食を早速テーブルに並べ始めた。

※　※　※

名探偵リオネロは、容疑者と思われる人間をピックアップして面会を取りつけたと言う。さすが仕事は早いと感心していたら、そのピックアップがいただけなかった。

「どうして真っ先に陛下なのよ……」

「だって昨日、一番怪しいのは――」

「やめて！　それ以上言ったら、私の首もあんたの首も飛んじゃうから！」

慌ててリオネロの口を押さえて、チラリと後ろを窺《うかが》う。

エヴァリーナたちには、常に騎士が一人ついてきている。今も、陛下のもとへ向かうエヴァリーナたちの後ろを一定の距離をあけてついてきているが、その眉間にぐっと皺《しわ》が寄っていた。

「人に聞かれて困ることは、外ではしゃべらない」

「はい、分かりました！」

本当に分かっているのか不安なところだが、それ以上は追及せず謁見《えっけん》の間へと向かう。

謁見《えっけん》の間で待っていると、それ程時を置かずに国王陛下アドルフォが王妃とともに現れた。

「本日はお忙しい中、お時間をいただきありがとうございます」

深く頭を下げて礼を述べると、アドルフォが砕けた口調で声をかけてくる。

「そんなに畏《かしこ》まる必要はない。セレナ、博識の魔女・エヴァリーナとその弟子《でし》、リオネロだ」

玉座に座ったアドルフォが隣に座る王妃、セレナにエヴァリーナたちを紹介してくれる。

「初めまして。セレナと言います」

セレナは赤い髪の美しい女性だった。

離れていても分かる、その圧倒的な存在感に、思わずゴクリと唾を呑み込む。

まだ結婚して三年だというのに、堂々とした威厳を醸《かも》し出しているセレナは、確か今年で二十六歳だったはずだ。

国王夫妻の馴《な》れ初《そ》めは、世紀のロマンスとして国民に広まっている。

文官として王城に勤めていた男爵令嬢のセレナを、国王が見初《みそ》めたのだ。しかし、国王の妻として、彼女の身分や当時既に二十歳を超えていた年齢が問題になったらしい。

セレナを王妃とすることに議会が紛糾《ふんきゅう》する中、アドルフォはそれらを全て抑え込み、見事男爵令嬢を娶《めと》ったのだそうだ。

そして王の寵愛《ちょうあい》を一身に受けるセレナは、国民の間で賢妃として知られている。

「魔女・エヴァリーナ。デメトリオを生き返らせてくれたことに礼を言います。いくら言葉を尽くしても足りません。聞けば、あなたの命を半分、分け与えたのだとか。その勇気と献身に、心からの感謝を――ありがとう、エヴァリーナ」

形だけではなく本当に心から言っていると分かる、優しい声色だった。こちらに向けられる眼差しは慈愛に満ち溢《あふ》れ、エヴァリーナは恐縮しながら頭を下げた。

「もったいないお言葉です」

「デメトリオは、命をかけて自分を救ってくれた魔女にすっかり惚れ込んでな。エヴァリーナを妻にと望んでいる。ゆくゆくはお前の義妹になるかもしれぬぞ」

アドルフォの余計な一言に、セレナが大きく目を見開いた。

「まあ、あの恋愛に対して、馬鹿みたいに頑愚《がんぐ》なデメトリオが!?」

「そうだ、あのどうしようもない唐変木《とうへんぼく》のデメトリオが、だ」

誠実の騎士も、兄夫婦からは随分と酷《ひど》い言われようだ。

だが、ここでセレナに本当に結婚すると思われても困る。

「いいえ、私のような下賤《げせん》の魔女には、不相応なお話ですので……」

「デメトリオのために命の半分を差し出すあなたの高貴な精神は、彼の妻に相応《ふさわ》しいと思いますが」

「そうだな。デメトリオがこれ程望む相手も珍しいことだし、私としても二人の結婚を応援したい。それに、身分など恋の障害になりえないと私達が証明しているじゃないか。だから、何も気にすることなどないのだぞ、エヴァリーナ」

アドルフォがセレナを愛しげに見つめながらそう言うと、セレナはほんのりと頬を染めてうなずく。

「そうですよ。身分差は時に苦労を伴《ともな》いますが、それでも愛があれば乗り越えられます」

「ああ、愛があればそんなことは些末《さまつ》なことだ」

二人が互いに見つめ合い微笑む。傍《はた》から見ていて恥ずかしくなる程互いに想い合っているのが伝

わってきた。しかしエヴァリーナは、強く突っ込まずにはいられない。

(私とデメトリオの間に、愛なんてないんですけどね！)

なんとなく彼に絆《ほだ》されている自覚はあるが、それでも嫁になる気は毛頭《もうとう》ないのだ。

「あ、あの、今日はデメトリオ殿下が被害に遭《あ》われた日のことをお聞かせ願いたいと思いまして！」

話の流れを変えるため、さっさと本題に入ってしまおうと話を振る。すると、アドルフォが思い出したようにうなずいた。

「おお、そうだった。今日はデメトリオが死んだ夜の話を聞きたいということだったな」

「はい。できれば当日、デメトリオ殿下がどのように過ごされていたのか、お二人の目で見た範囲のことをお聞かせください」

当日のデメトリオの行動は、リオネロが調査書を読み込んで教えてくれた。

曰《いわ》く、夜会の途中で席を退席した。これはいつものことで、毎回、国王と王妃が広間から退席すると自分も帰るらしい。

他にも、何人かの貴族の女性とダンスを踊ったが、その誰とも親しくなることはなかった、とか。

ほとんど酒を飲んでいなかったので、「どうして飲まない」と問いかけたら、「王と王妃に何かあった時、自分が酔っていてはすぐに対応できない」と生真面目な答えが返ってきたとか――

デメトリオらしいといえばらしいが、騎士であっても一国の王子なのだから、もう少し社交的にしたほうがいいのではないか、とエヴァリーナが心配してしまう程、退屈な内容だった。

問われた二人は顔を見合わせた後、セレナが苦笑して答える。

「私から見たデメトリオは、いつもと変わらず〝騎士としての責務〟をまっとうしていたように思えます」

（責務かぁ……）

わざわざその言葉を使ったセレナの意図は、直接夜会を見ていなくても分かる気がした。

〝誠実〟の騎士と言えば聞こえはいいが、デメトリオと二日過ごしてエヴァリーナはつくづく実感したことがある。

彼は生真面目で真っ直ぐすぎる。

いくら命を救われたとはいえ、会ったばかりのエヴァリーナに惚れ込む素直さと正直さ。よくぞ今まで毒婦に騙《だま》されずにいられたものだと、変に感心してしまう。

その性質の素直さは決して嫌いではない。だが、あまりにも真っ直ぐすぎて、エヴァリーナはたまにお尻がムズムズしてしまうのだ。

二日一緒にいただけでもそう思うのだから、実の兄であるアドルフォも、義姉であるセレナもその辺りは分かっているのだろう。

「まあ、色っぽいことの一つもなかったな。見ていて、貴族の令嬢たちが気の毒になった程だ」

アドルフォもセレナ同様、苦笑しながらそう言った。

「さ、さようでございますか……」

「何分融通《ゆうずう》の利かぬ弟だ。だが、そのことで誰かの恨みを買ったとは到底思えぬ。私が言うのもなんだが、この城の中にそれ程悪い者はおらぬ」

それはエヴァリーナも肌で感じていた。アドルフォが王位に就く時、不穏分子を一掃すべくかなりの人員整理をしたと聞いていたので、その辣腕《らつわん》は確かなものなのだろう。

「夜会に招待した貴族にも、デメトリオの命を狙うような者はいないと断言できる」

だが、それでは犯人がいないことになってしまう。犯人がいなければ、デメトリオは殺されなかったはずなのだ。

「あの……す、すみません……発言してもいいですか？」

リオネロがおずおずと手を上げた。アドルフォが「うむ、なんだ？」と問いかけると、リオネロは耳をぷるぷる震わせながら口を開く。

「デメトリオ殿下自身に恨みはなくとも、デメトリオ殿下の存在が困るという方はいらっしゃらなかったんですか？」

（あ、そうか……）

デメトリオの人柄など関係なく、彼の存在を邪魔に思う人間がいたかもしれない。

アドルフォとセレナは再び顔を見合わせた。

その様子に先程とは若干の違いを覚える。「何か……？」と問うと、セレナが口を開いた。

「王位継承の件で最近、議会からの注文がきつくなっておりました」

「王位継承？」

「ああ、私達には子供がおらぬからな」

結婚して三年。国王と王妃の間には未だ子供がいない。

セレナはやんわりと微笑みながら言う。

「私ももう二十六ですから、初産《ういざん》にはキツイ年齢になってきました。だから、陛下に側室をという話が出ているのです……」

言葉尻がつぼんだセレナに対し、アドルフォが強くセレナを励《はげ》ます。

「私がお前を妃にと望んだのだ。他の女などいらぬし、お前以外との間に子供を作ろうとは思わぬ。側室など持たず、ステラッリオの子を養子として迎え、次代とすればよいと議会に宣言したばかりだ」

王弟であるステラッリオには、二歳の一人息子がいる。確かに、養子として迎えるならこれ以上の存在はない。

（なるほど、王位継承順位か……）

王族である以上、そういったものが理由で殺害される可能性もある。

「だが、デメトリオの継承順位は、王太子のステラッリオに次いで第二位だ。継承者を狙うのであれば、デメトリオより先にまずステラッリオを狙うだろう」

「そうですね。デメトリオ殿下を真っ先に殺す必要はありませんよね……」

どうして殺したのか――それを追及することは、とても難しいのだとエヴァリーナは実感する。

結局のところ、殺人の動機など、殺した本人にしか分からないのかもしれない。

思わずため息が漏《も》れそうになったが、国王夫妻の面前であることを思い出して堪《こら》える。代わりに、なぜかセレナがため息を吐いた。

「ですが、もし継承順位が原因でデメトリオが殺されたのだとしたら、私は自分で自分が許せません……私に子ができぬせいで——！」

それはセレナを悩ませていることでもあるのだろう。王妃として世継ぎを産めない苦しさが垣間見えて、エヴァリーナは胸が痛んだ。

「セレナ、それ程気に病《や》むな。お前ばかりのせいではない。これは夫婦二人の問題であって、できなければできないなりに生きていく方法を探していけばよいのだ」

アドルフォが優しくセレナを労《いた》わる。そこにあるのは、国王夫妻ではなく、普通の夫婦の姿だった。

「あの……っ！」

思わずエヴァリーナは声を上げた。

「よろしければ、魔法を試されてみませんか？」

「魔法……？」

セレナが首を傾《かし》げる。その横でアドルフォが珍しく表情を険しくしてエヴァリーナを問い詰めた。

「子供ができる魔法があるとでも？　そんなものは聞いたことがないぞ」

その言葉により、ただ不妊に悩んでいたわけではないだろうことが窺《うかが》える。二人は、既に魔女も頼ったのだろう。そして、子ができる魔法などないことを調べ尽くしたようだった。

アドルフォの眉間に初めてくっきりと皺《しわ》が寄る。

いつもは飄々《ひょうひょう》としてあまり険しい表情をしない国王だが、最愛の妻のことになるとただの男になるのだろう。そんな国王夫妻をエヴァリーナは好ましく思った。

だから、自分にできることを——と声を上げる。

「いいえ。子供ができる魔法ではなく、女性の子宮の働きを正常に整える魔法です」

「子宮の働きを、正常に整える？」

「左様にございます」

エヴァリーナのその魔法は、異世界の書物を参考にして作ったものだ。それらはリオネロが読み解いてくれた。だから文字は読めずとも、エヴァリーナの知識はリオネロ同様かなりのものだ。そんな知識によって作られた魔法式は当然ながら難解だ。リオネロも必死で解読してくれているのだが、数式が難しいらしく、やはりこちらもまだ、全てを解明しきれていない。そのため、今現在エヴァリーナしか使えない魔法だ。

とはいえ彼女は、他の魔女から嫉妬と共に迫害を受ける身だ。これ以上目をつけられても困るので、信頼できる相手を介しての依頼以外では決して使用しない魔法である。

だからアドルフォが知らずとも無理はなかった。

「ただ、失礼を承知で申し上げます。この魔法は女性の身体を、子供のできやすい状態に整えるものであり、元よりできる要素がない、または男性の種が薄ければ、子供はできません」

傍に控えていた近衛騎士が一瞬殺気だったのがエヴァリーナには分かった。下手《へた》をすれば、国王と王妃の両方を貶《おとし》めかねない内容である。しかし、これはきちんと伝えなければならない話なのだ。

エヴァリーナの魔法はあくまで子宮を正常に活動させるための魔法だ。それ以外の要因に関しては、手の施《ほどこ》しようがない。

「ふむ。してその魔法で子ができた夫婦はいるのか？」

「はい。私は今まで二十組の夫婦にこの魔法を施《ほどこ》し、その内、十二組の夫婦で子供ができました」

それは確率としては半分を超えた程度ではある。だが、零《ゼロ》ではない。その確率を国王夫妻がどう捉《とら》えるか、だ。

アドルフォとセレナは互いに顔を見合わせた。セレナがしっかりとアドルフォの顔を見たまま深くうなずく。その動作だけで国王はセレナの言いたいことを察したのだろう。

（ああ、この二人は本当に仲が良いんだな……）

目だけで互いの言いたいことを察せる二人の関係を見ていると、心から二人のことを応援したい気持ちで一杯になる。

アドルフォが玉座からエヴァリーナを見下ろした。そして、凛《りん》とした声で言う。

「そなたの魔法を信じよう」

「……ありがとうございます！」

エヴァリーナは国王夫妻を相手にしているにもかかわらず、嬉しさが込み上げるのを堪《こら》えられなかった。

アドルフォとセレナが、そんなエヴァリーナを親しみのこもった目で見つめる。

「エヴァリーナ、デメトリオばかりでなく、私たちのことまで……本当になんと言ったらいいか……」

セレナが感謝を込めてそう言ったが、エヴァリーナは強く首を横に振る。

「私にできることがあるならば、させてください」

それはエヴァリーナの心からの言葉だった。きっとエヴァリーナは、アドルフォたちが国王夫妻でなくても、同じように手を差し伸べたことだろう。

目の前で困った人がいれば手を差し出す。

エヴァリーナにとってそれはとても自然なことだった。

「ふむ……なんというか……」

エヴァリーナを見ていたアドルフォがポツリと呟《つぶや》く。セレナからそちらに視線を移すと、アドルフォはしみじみと感じ入ったように言った。

「魔女にしては、そなたは〝善良〟すぎるな。だが、その善良さは、デメトリオに通じるものがある。そなたたちはよく似ているな」

「え？」

（私とデメトリオが似ている？）

そんなこと思いもしなかったので驚いていると、アドルフォはまたニヤリと意地悪く笑う。国王がこういう顔をする時は、絶対にろくでもないことを言うに違いない。それは、数少ない謁見《えっけん》で分かったことだ。

アドルフォは国王としては優秀だが、時折、少し意地が悪い。

「似たもの夫婦というのは長続きするぞ。そなたには、ぜひともデメトリオの妻となって欲しいものだ」

　自分が結婚したくないことを知っていながらそう言う国王に、エヴァリーナは引きつった笑みを浮かべて聞き流すしかなかった。

※　※　※

　王たちとの謁見《えっけん》の後は、デメトリオの次兄・ステラッリオ王太子との面会だ。

　ステラッリオは文官長を務めている。この国の特徴は、ステラッリオとデメトリオがそれぞれ文武の長《おさ》として、役人を纏《まと》めているところだ。

　もちろん、彼らが文官や武官の全てを掌握しているわけではない。むしろ、王族が率先して国政に関わっているということを示す意味合いが強いだろう。そうした仕組みが、国王であるアドルフォを中心にした国政のバランスを保たせている。

「ホワイダニットって難しすぎるんじゃない？」

　ステラッリオのもとへ向かう途中、エヴァリーナがリオネロに零《こぼ》す。リオネロは、さも当然と言わんばかりの顔をした。

「殺人者の気持ちなんて、真っ当な精神の僕に分かるわけがありませんよ！　みっちり探偵もそう言ってました」

「え、じゃあ、なんのために陛下たちの話を聞きに行ったのよ？」

「一つ一つの物事は一見して繋《つな》がっているようには見えなくても、実は同じ箱の中の、一つの殺人に繋《つな》がっているんです」

「得意げにもっともらしく言っているけど、まったく意味が分からない」

「僕も分かりません！」

リオネロがピンッと耳を伸ばして断言するので、エヴァリーナは容赦なくその後頭部を叩いた。

「ぴっ！」と変な声を上げてリオネロが頭を押さえる。そんな弟子《でし》に向かって、エヴァリーナは改めて状況の整理をした。

「とにかくザッと話を聞いただけでも、デメトリオに悪意を持つ人間が少ないってことは分かったわよね。ただ、国王夫妻に子供がいないことを議会が問題視している。それにより、継承問題と絡《から》んで現在第二位の順位を持つデメトリオを誰かが狙う可能性も否定できない」

「おお……さすがエヴァリーナ様！　名探偵より鋭いですね！」

リオネロが大げさに感心するが、あくまで先程聞いたことを纏《まと》めただけだ。

「リオネロ、そんなんでよく名探偵を自称できたわね……」

「僕は専《もっぱ》ら読む専門ですから！　最後に謎が解明された時、一番驚く、とても良い読者です！」

リオネロの頭を叩いて、これ以上残念な子になられても困るので、エヴァリーナは自分の額《ひたい》に手を当て、深くため息を吐くだけに留めた。

そんな話をしながら王城を出ると、すぐ目の前に文舎《ぶんしゃ》という五階建ての建物が見える。

ちなみに、その対面には武官たちの鍛錬《たんれん》用の鍛舎《たんしゃ》があり、そちらにはデメトリオがいるはずだった。とはいえ、デメトリオに会うつもりはないので、真っ直ぐ文舎《ぶんしゃ》の五階にいるステラッリオのもとへと向かう。

あらかじめ面会の約束を取りつけていたので、すんなりと長官室へと案内された。

「やあ、いらっしゃい」

真っ直ぐな金髪をたらした細面《ほそおもて》の男性が、立ち上がってエヴァリーナたちを迎えてくれた。

「今日はお忙しい中、お時間をいただきありがとうございます。博識の魔女・エヴァリーナとその弟子《でし》のリオネロと申します。本日はどうぞよろしくお願いします」

エヴァリーナが礼をすると、この国の王族はあまり形式にこだわらないのか、ステラッリオは気さくな笑みを浮かべて受け入れてくれる。

「畏《かしこ》まらなくていいよ。そちらのソファーに座ってくれ」

応接用に設置された中央の大きなテーブルと向かい合わせのソファーへ促《うなが》され、揃って座った。

ふっかふかの座り心地に、リオネロが無意識に耳をピクピクとさせてその感触を喜んでいた。エヴァリーナもこんなにふかふかのソファーに座ったのは初めてで驚いたが、顔には出さなかった。

「デメトリオのことを聞きたいんだよね。本当に誰があんなことをしたのかと犯人を憎んだし、今でも許せないと思っているよ」

眉をひそめたステラッリオは、その時のことを思い出したのか、小さく首を振った。

「まさか人を生き返らせる魔法があるなんて思いもしなかった……エヴァリーナ殿、あなたには感謝してもしきれない」

そう言うと、ステラッリオは王太子にもかかわらず、座ったまま深く頭を下げてきた。突然のことに、エヴァリーナとリオネロは動揺する。

「頭を上げてください！　ステラッリオ殿下にそのようなことをしていただいては困ります！」

「いや、面会の申請をもらった時、どうしてもこれだけは伝えたかったのだ。僕の弟を生き返らせてくれて、ありがとう！」

ステラッリオは感極まったように声を上ずらせた。しかし、その後がいただけない。

「しかも、結婚までしたいなんて――！　あのデメトリオが一目惚れをする日がこようとは……ありがとう！　弟が愛する女性と結婚するなんて、なんて素晴らしいことだろう！」

うっ……と目頭にハンカチを当てるステラッリオは、涙もろいらしい。目を潤《うる》ませ、心から弟の結婚を祝福していることが窺《うかが》える。

エヴァリーナは頬を引きつらせないように無表情を装うが、内心はまたの結婚話にうんざりした。隣に座るリオネロも表情こそ変えないが、耳がピコピコ動いて面白がっているのが分かる。王太子の前でなかったならば、後頭部を殴っていたところだ。

「し、失礼ながら発言をお許しください。ステラッリオ殿下は、デメトリオ殿下と一介の魔女の結婚が気にならないのですか……」

「なぜ？」

「なぜって――」

こういう時は、「どこの馬の骨とも分からぬ女が王族に名を連《つら》ねるなど……！」と罵倒《ばとう》されるものじゃないのか？　国王夫婦といい、ステラッリオといい、皆、好意的すぎてかえって戸惑う。

今もステラッリオは、ハンカチで目尻を押さえながらこちらを見ているが、その目に敵意は感じ取れない。

むしろキラキラとした曇りなき目をして、嬉しそうにエヴァリーナを見てくる。さすがに、いたたまれなくなって目を逸《そ》らした。

「好きな女性と結婚するのは、とても素晴らしいことだと思うけど」

「そ、そうかもしれませんが、やはり、デメトリオ殿下はしかるべき身分の女性と結婚した方が――」

「ああ、僕のところみたいに？」

ステラッリオがやんわりと言った。そこで、エヴァリーナはハッとする。

ステラッリオは国王であるアドルフォより一年早く結婚していた。相手の女性は、身分の釣り合った侯爵家の令嬢だ。その結婚は、ステラッリオがアドルフォに対する議会の風当たりを和《やわ》らげるために、議会の納得いく相手と自《みずか》ら結婚したというのが、専《もっぱ》らの噂だ。

エヴァリーナがなんと返していいのか分からず黙り込むと、ステラッリオは苦笑しながら首を横に振る。

「まあ、僕は政略結婚したみたいに受け取られているけど、可愛らしい妻のことを愛しているし、息子のこともとても愛しく思っている。僕は僕で十分幸せなんだよ」

笑顔で断言したステラッリオは、真実を言っていると分かるいい顔をしていて、ホッとする。

「だから安心して弟のところにお嫁に来るといいよ」

咄嗟《とっさ》に否定しようかとも思ったが、これ以上何か言って藪蛇《やぶへび》になっても困る。エヴァリーナは結婚云々《うんぬん》の話から、さりげなく本題へと話を移した。

「ところで、デメトリオ殿下の件ですが、事件当夜、何か変わったことなどありましたか？」

エヴァリーナが問いかけると、ステラッリオは先程とは打って変わって、悲愴感たっぷりに眉を寄せた。

「デメトリオは兄上たちと退席するまで、いつもと何一つ変わらなかったように見えた。僕は夜会の終わり近くまで会場にいたけど、あの時、僕も一緒に戻っていたら、もしかしたらデメトリオを助けられたのかもしれない……！　未だにデメトリオの訃報《ふほう》を受け取ったあの瞬間の衝撃は忘れられないし、できれば二度と経験したくないよ」

首を横に振り、嫌な思い出を振り払うみたいにステラッリオが言った。

「だから、今、何事もなかったようにデメトリオが鍛錬《たんれん》に勤《いそ》しんでいる姿を見られるのを、本当に奇跡だと思っているよ。ありがとう、エヴァリーナ……」

彼は、再度エヴァリーナに礼を述べた。エヴァリーナは、今度は軽く頭を下げるだけに留めた。そして、最後にアドルフォたちに聞いたことと同じ質問をする。

「それでは、デメトリオ殿下を恨んでいたり、もしくはデメトリオ殿下の存在を邪魔に思ったりする人間に心当たりはございませんか？」

「それこそ、まったくないよ。あれは末っ子のせいか、場の空気を読むのが上手《うま》いし、人当たりもいいからね。まあ、あの真っ直ぐすぎる気質を少し苦手とする者もいるだろうが、大抵の者はデメトリオを好いていたように思うよ」

アドルフォたちと同じような答えが返ってきて、エヴァリーナは内心、唸《うな》る。

（まったくもって殺害の動機が想像つかない……）

デメトリオは人当たりも良く、性格もいい。兄弟からの評価も高い――というより愛されていると感じた。世の中には兄弟同士で争い事を起こす国もあると聞くが、この国の三兄弟はとても仲がいい。

「あの……王位継承について不満を持つ方などは……？」

もし殺害の可能性があるとしたら、継承順位についてではないかと思ってそう尋ねる。すると、ステラッツリオは笑ってそれを否定した。

「継承順位は僕よりデメトリオの方が低い。わざわざデメトリオを殺すくらいなら、僕を殺すんじゃないかな」

「ですよね……」

「まあ、現状、僕が暫定的《ざんていてき》に王太子の役目を担《にな》っているから、それを確実にしたい何者かがデメトリオを消したいと考える可能性はあるかもしれない。だけど、そういう不穏な輩《やから》は、兄上が王位に就かれた際に綺麗に一掃されたし、僕もしっかりと目を光らせている。だからその可能性は、はっきり言って、ないね」

きっぱりと断言するステラッツリオの顔は笑顔だ。だが、その笑顔に、エヴァリーナは背筋にひやりとするものを感じた。

この温厚そうな次男も、ただ温厚なだけではないのかもしれない。

「だからこそ、今回の事は本当に不可解なんだ……どうしてデメトリオが殺されたのか誰にも分からない。もし可能なら、ぜひとも魔女の力で犯人を見つけてほしいよ」

「……はい」

そう答えつつも、エヴァリーナには、まったく見つけられる自信がなかった。

※　※　※

塔に戻ると、エヴァリーナとリオネロはテーブルに王城内の見取り図を広げて、今日のことをおさらいする。

ステラッリオと面会した後、当日、夜会の警備をしていた衛兵や給仕係にも話を聞いて回ったのだが、これといった成果はなかった。

聞いてきた内容は、既に調べ尽くされていたことで、そのどれにもデメトリオ殺害に関係する要因は見当たらない。

「もしかして、間違えて殺されたとか……？　例えば兄弟なんだから、陛下やステラッリオ殿下に間違われたとか……」

「その日のデメトリオ殿下の服装は、ずっと近衛隊の隊服だったようです。だから、デメトリオ殿下を陛下やステラッリオ殿下と間違う可能性はないと思われます」

「……よし、森へ帰ろう。こんなの無理！」

潔《いさぎよ》くエヴァリーナは匙《さじ》を投げた。

「エヴァリーナ様、諦めるのが早すぎますよ！」

「だって、誰に聞いても殺す理由なんてないって言うんだもの。無理でしょ、これは」

「名探偵は諦めないんですよ！」

「私は魔女だから諦めてもいいんですぅ。諦めますぅ」

不貞腐《ふてくさ》れてテーブルに突っ伏したエヴァリーナに、リオネロは呆れたような視線を向ける。

「じゃあ、結婚ですね」

「ぜっ――たいに、嫌！」

「それ程嫌か？」

正面のリオネロではなく、背後から声が聞こえて、エヴァリーナはギョッとして後ろを振り向く。

すると、部屋の扉を開けて腕組みしたデメトリオが立っていた。

「ちょっと、ノック――」

「したのだが、返事がなかった」

どうやらキャンキャンとリオネロと騒いでいたので、ノックの音を聞き逃したらしい。

「それ程、私との結婚は嫌か？」

デメトリオの顔が辛そうに歪《ゆが》む。その顔を見ると、自分がとても悪いことを言った気がして、思わず目を逸《そ》らす。

だが、自分の気持ちに嘘はつけない。改めてデメトリオの方を見て断言した。

「嫌です」

正直に自分の気持ちを述べると、デメトリオが寂しそうに赤紫色の瞳を陰《かげ》らせた。だがすぐにエヴァリーナをじっと見て問いかけてくる。

「それは、私のことが嫌いということか?」

「……そういうことではないです……」

真っ直ぐな瞳に見つめられ、エヴァリーナは顔を伏せる。

(嫌いではないよ……)

デメトリオと寝てしまったから情が湧いた……というのもあるだろう。だが、それ以上にこの人の真っ直ぐさが好ましいと思った。

もし、デメトリオが王子でなければ、エヴァリーナは彼との結婚を受け入れていたかもしれない。そう思うくらいには彼に惹かれ始めていることを自覚していた。

元々、会わずとも好ましく思っていた相手だ。そんな相手と会って、好ましく思う人柄に直接触れたなら、より好意を抱いてしまうのは自然の流れだと言えよう。

「なら、なぜ、私との結婚をそれ程嫌がるんだ?」

「デメトリオが悪いわけじゃない……」

(悪いのは、私だから——)

「私は……自分の名前も書けないし、本も読めない。そんな学のない人間があなたの妻になるなんて、すごく恥ずかしいことだと思うんだよね」

「あなたはなぜ、そこまでそのことにこだわるんだ」

デメトリオは訝《いぶか》しげにエヴァリーナに問いかける。

「たとえ文字が読めなくとも、それを補って余りある程あなたは魔女としての才能に溢《あふ》れ、人としても魅力的だと私は思う。そんなあなただからこそ、妻として共に生きたいと思ったんだ」

「私が魅力的なわけないじゃない！」

デメトリオの言葉に、エヴァリーナはガタリと音を立てて椅子から立ち上がった。

「エヴァリーナ……」

デメトリオが突然激昂《げきこう》したエヴァリーナに戸惑っているのが分かる。その顔を見て、エヴァリーナは下唇を噛んで苛立ちを隠した。

「ごめん、私は私が恥ずかしいの。だから、あなたの妻になって皆に笑われるのは本当に耐えられない」

「誰が君を笑うと言うんだ……」

不思議そうに問いかけるデメトリオに、エヴァリーナはなんとも言えない歪《ゆが》んだ笑みを見せた。

(だって、皆、笑うじゃない)

魔女なのに、文字が書けない。魔女なのに、文字が読めない。

表だって笑う人もいれば、陰で笑う人もいる。それ程、魔女にとって文字はなくてはならないものなのだ。

だから、エヴァリーナはできる限り、人との接触を避けていた。無闇《むやみ》に関わって、無学な自分を笑われることを、誰よりも自分自身が許せないから――

エヴァリーナはくるりと背を向け、自室に駆け出した。

「エヴァリーナ、待て」

デメトリオがエヴァリーナを追ってこようとしたので、すかさず呪文を唱える。

「ひとつふたつみっつよつ、『凝固』！」

青白い小さな魔法陣がデメトリオの上に現れ、彼の動きをピタリと制止させる。ほんの少しの時間、彼の動きを魔法で封じたのだ。

その間に、エヴァリーナは自室に飛び込み、寝台に突っ伏した。

(だってもう嫌だよ……)

くすくす、と幻聴が耳の奥にこだまする。ずっと忘れていた――否《いな》、忘れようと努めてきたそれは、ふとした拍子《ひょうし》に表に出てきて、エヴァリーナを苛《さいな》む。

『文字が書けないなんて、それで魔女と呼べるのか？』

いつか誰かが言った言葉が、何度も自分を傷つける。

エヴァリーナはじわりと目頭が熱くなるのを感じた。それを堪《こら》えるように寝台に顔を押しつけ、叶えられない願いを声なき声で呟《つぶや》く。

とうの昔に諦め、泣いて捨てた悲しい願いを。

「私だって、もっと勉強したかった――」
学なき魔女は、今もそのことに心を囚《とら》われている――

4　王子様、魔女はあなたに感謝しています

エヴァリーナは首都からそれ程遠くない、貧しい集落で生まれた。父はエヴァリーナが生まれてすぐに出稼ぎに行ったまま帰ってこなくなり、母が女手一つで育ててくれた。

貧しい村ではあったが幸い村人たちは皆善良で、母一人子一人の家庭に対しても寛容だった。しかし、彼らも自分たちが生きることに精一杯で、エヴァリーナたち母子の面倒を見続けることはできなかったのだ。

朝から晩まで、実りの少ない畑を耕すことに費やす日々。それは、幼いエヴァリーナも同じだった。

エヴァリーナが魔女の力に目覚めたのは、彼女が九歳の時だ。

それは、実りの少ない作物を収穫している時に、突然訪れた。

栄養価の低い土のせいで、貧相な作物は到底売り物になりそうにない。食べるにしても、この冬を越せるか怪しいそれらを前にして、エヴァリーナは呟《つぶや》く。

「あーあ、もっとこの土が『豊か』になればいいのに――」

その瞬間まで、それはただの子供のぼやきでしかなかった。

しかし、次の瞬間、彼女の頭上がパアッと光り、大きな魔法陣が現れたのだ。

複雑な魔法式で構成された魔法陣は、村のどこからでも見える程の大きさだった。そして、そこから弾けるように、キラキラとした水の粒が宙に舞った。それは一瞬にしてもたらされた慈雨《じう》。同時に、奇跡の水だった。

その水はたちまち乾いた土に吸い込まれ、貧しい土地を柔らかく豊かな大地へと変えた。

後に、エヴァリーナの名にちなんで〝リーナ村〟と呼ばれるようになったその村は、今では王都に向かう人々の休憩地点として大きな役割を担《にな》うまでに発展している。

その最初のきっかけを作ったのが、たった九歳の少女、エヴァリーナだった。

魔女は血筋ではない。ある日突然、なんの前触れもなく力を授かるのだ。

そして力に目覚めた女は、国の端にある魔女の学校へ入る権利を得る。

「おかあさん、いってきます！」

「がんばりなさい、エヴァリーナ」

村が豊かになり、随分とふっくらした母や村人たちに見送られて、エヴァリーナは希望を胸に魔女の学校へと入学した――

そして、彼女はそこで自分という存在の異質さを思い知ることになる。

「は？　字が読めない……？」

教師の一人が、驚いた顔でエヴァリーナを見下ろす。

畑仕事しかしてこなかったので、真っ黒に日焼けしたエヴァリーナは、にっこりと微笑んで教師に言う。

「読めないし書けません」

エヴァリーナは、当然学校になど行っていない。〝学ぶ〟ということ自体、彼女は知らなかったのだ。

「それでは君は、どうやって魔法式を作っているんだ？」

「え……？」

「魔法式がなくては魔法陣を作れない。君は自分の魔法式を読めないのか？」

教師がまるで異質のものでも見るようにエヴァリーナを見下ろす。その怯えた顔の意味をエヴァリーナはすぐに理解することになった。

魔法とは、〝魔法式〟と呼ばれる魔力を込めた文字と数式を言葉に乗せて、魔法陣を作ることによって発動する。

だからどんなに魔力があっても、文字を知らない者が魔法を使えるはずはない。そんな前例もあるわけがなかった。まして、無意識に複雑な魔法式を作り、魔法陣を描く魔女など、いるはずがなかったのだ。

魔女の力に目覚め、学校に来る少女たちの平均年齢は十六歳。大抵、ある程度の知識を身につけている者たちが、魔女としての力を発現させていた。

たった十歳で、文字を習わずに入学したエヴァリーナは、その年齢も、魔法の使い方も、異例中の異例だったのだ――

「も、文字は、これから頑張って覚えます！」

困惑する教師たちにそう宣言し、エヴァリーナは日々、文字を学ぶことに努めた。

しかし、どれだけ努力しても、彼女は何一つ文字を覚えることができなかった。

それでも魔法が使えてしまうエヴァリーナを、教師たちは興味と探究心をもって調べ、そうして一つの結果が明らかになる。

「君の強すぎる魔力が、脳に文字を認識させることを阻害しているようだ」

それはエヴァリーナが魔女として生きていくには、致命的な宣告だった。

「ホラ……あれが文字なしの……」

「ああ、あれが……」

くすくすと魔女たちは陰でエヴァリーナを嗤《わら》う。その中には多少の嫉妬も含まれていたが、幼いエヴァリーナにそれを察することはできなかった。

どうして自分は文字が読めないのか。どうして自分は文字が書けないのか――

魔女にならなければ、魔力が発現しなければ、おそらくエヴァリーナは普通に文字を覚えることができたはずだ。

けれど、魔女になったからこそ彼女の村は潤《うるお》い、彼女の母も楽ができるようになった。

「ひとつふたつみっつよつ、『陽光』」

自分には読めない魔法式が、他の魔女が作るどの魔法式よりも美しく魔法陣を飾る。

そして、彼女の使う魔法は、どの魔女の魔法よりも優れていた。

だが、たとえ空に美しい虹を描くことができても、その魔法を誰も理解することができないのだ。

「やはり、魔法式が複雑すぎて読み取れませんな」

「この子の魔法はどんなに素晴らしくとも、この子だけしか使えないでしょう」

「そもそも、あんな短い言葉に魔法式が乗ること自体、不可解ですしね……」

教師たちは類《たぐい》まれな才能を持ちながらも、それを有効活用できないエヴァリーナに対して歯がみした。

「あなたは魔女なのに魔法陣を売ることができないのね？」

「その小さい身体でも売れればいいんじゃないの？」

少女たちの妬《ねた》みを含んだ揶揄《やゆ》は、日増しに酷《ひど》くなっていった。

言葉を耳だけで覚えるには限界があった。板書される文字に、どんなに大切なことが書かれていても、あえて声に出さない意地の悪い教師もいた。

「そんなことも分からないの？」

「仕方ないわよ。文字が読めないんですもの」

「それで魔女って言えるのかしら？」

くすくす、くすくす……

なぜ、人を蔑《さげす》む時、人は嗤《わら》うのか。自分に向かって歪《ゆが》んだ弧を描く唇を、エヴァリーナは何度も見た。

耳を押さえながら、歯を食いしばりながら、幼いエヴァリーナはその日々に耐えた。

そして三年後、学校を卒業する日。会場に設けた教壇の上に広げられた魔女連名状を前にして、エヴァリーナは自分がこの学校で何一つ学べなかったことを知った。

「エヴァリーナ、この連名状に名前を書けなければ、君は正式な魔女として認められない」

校長の言葉に、エヴァリーナは震える手でペンを持ち、連名状に向かう。

〝エヴァリーナ〟

ただ、それだけの文字を、彼女は書くことができない。

そんな自分が悔しくて、情けなくて仕方なかった。そうしてエヴァリーナは、目に涙をためながら大声で叫んだ。

「リオネロ！」

「は、はいっ！」

それは身内を亡くし、学校の用務員に引き取られた小さな兎人《とじん》の少年だった。

なぜ、雑用係の少年が卒業式に――と会場がざわめく中、エヴァリーナはリオネロを隣に立たせて告げる。

「か、彼は……魔力はありませんが、文字が書けます。読むこともできます。そして、私の魔法陣を解読できます」

卒業式に向けて、エヴァリーナは密かに準備をしていた。

連名状のことは分かっていた。それに名前を書かなければ魔女になれないことも。

ひたすら、書けるようになろうと努力した。けれど同時に保険も用意していたのだ。

雑用係の少年は、年齢の割にとても頭の良い少年だった。魔力はなくとも、魔方陣を読み解くセンスの良さがあった。

だから、彼に持ちかけた。自分を魔女として支えてくれるなら、自分も少年に好きなだけ勉強をできる環境を与えよう、と――

「これは、エヴァリーナ様の魔法式の一つです」

震える声でリオネロが差し出した魔法式の解読書に、教師たちが色めき立つ。

「これは……!」

「こんな数式が組み込まれていたのか!」

「だからあの虹は二重に……!」

簡単な魔法であったが、魔法陣を構成する魔法式は、教師たちの想像以上に複雑で難解なものだった。

次第にざわめき始める会場内で、ただ一人、年老いた校長が静かにうなずいた。

「よろしい。エヴァリーナの代筆を彼に」

「ありがとうございます」

リオネロは八歳とは思えない程綺麗な文字で、連名状にエヴァリーナの名を書き記す。

そしてここに、魔女・エヴァリーナが誕生したのだ――

※　※　※

いつの間にか、眠りながら過去を夢見ていたらしい。涙の乾ききった瞳をぱしぱしと瞬《またた》かせてエヴァリーナが目を開けると、大きな手で額《ひたい》を撫でられていたことに気がつく。

その手に覚えがあったので、エヴァリーナはそっと自分の手を添える。

「ノックしなさいよ」

「したが返事がなかったので、入らせてもらった」

相変わらず王子のくせに、遠慮がないというか――

ゆっくりと視線を上げて、デメトリオを見上げる。彼はなんとも言えない切なげな瞳でエヴァリーナを見下ろしていた。

「何？」

「リオネロからあなたのことを聞いた。魔女の学校に通っていた頃の――」

本人以外から聞いてしまったことに後ろめたさを感じているのだろう。エヴァリーナはそんなデメトリオの正直さに、苦笑いを浮かべ「別にいいよ」と返した。

「文字が読めない魔女なんて一人もいないからね……仕方ないのよ」

ずっとそう割り切ろうとしてきた。だけど、ふとした瞬間に同期の魔女たちの声が蘇《よみがえ》り、エヴァリーナを苦しめる。

「でも……もし、私が今みたいに七歳から学ぶことができていたら、普通に文字が読めていたんじゃないかなって、たまに思うの……」

エヴァリーナの言葉に、ピクリとデメトリオの手が動く。その手を掴《つか》み、自分の頬に当てたエヴァリーナは眩《まぶ》しげにデメトリオを見上げた。

「あなたはこの国の王子として、とても頑張っていた。その中で、私が何よりもあなたに感謝したいことは、この国の全ての民に、学ぶ場所を提供してくれたことよ」

「〝学校〟か――」

デメトリオの掠《かす》れた声に、エヴァリーナは強くうなずいた。

彼は、貴族のためではない、国民のための学校を建ててくれた。

デメトリオは武官ではあったが、教育の大切さを訴え、自《みずか》らが率先して候補地を巡《めぐ》り、場所を決め、人材と資金を集めた。そして、国中に学校を建て、その存在を定着させた。

「ねぇ、私がどれだけ嬉しかったか分かる？　どれだけ感謝しているか、届くかな？」

話しているうちに、再び若草色の瞳に涙が浮かんできてしまう。

自分のような文字の読めない魔女は二度と生まれてほしくないし、勉強したいと思う人間が何に邪魔されることなくそれを叶えられるといい。

「デメトリオ、ありがとう」

ずっと伝えたかった一言は、何度でも伝えたい言葉に変わっていた。

心を込めて伝えた言葉は、きちんとデメトリオに伝わっているのだろうか――

エヴァリーナの上に影が落ちる。灯《あか》りを遮《さえぎ》って降ってきたのは、デメトリオの労《いた》わるように優しい唇だった。

「俺は……」

ポツリとデメトリオが呟《つぶや》く。いつもは『私』と称する彼が、『俺』と言うのは、そういえばいつも寝台の上だったな、と思った。

「俺は兄たちのように器用な人間ではない」

確かにデメトリオは真っ直ぐすぎて、あの二人のように腹の中に色々と隠し事はできなそうだ。

「武官ならば、この性格も多少はごまかせるかと思ったが、そうもいかず、失敗することばかりだ」

「そうなの？　全然そんな風に見えないけど」

「知れば、きっと失望する。俺はあなたが思う以上に、不器用で面白みのない人間だ」

眉間にくっきりと皺《しわ》を寄せる彼に、エヴァリーナがくすくすと笑う。すると、デメトリオがエヴァリーナの横に寝そべってきた。

「俺にとって国中に〝学校〟を建てることは、国政に関わる試金石《しきんせき》のようなものだった」

「うん」

エヴァリーナはデメトリオの一言一言を聞き逃さないように、相槌《あいづち》を打つ。

「それは、俺が俺としてここで生きていくために必要なことだった。どれだけ時間がかかろうとも、いつかは国に見返りのある事業だ。民の知性は国力を高める。戦争のない今、そうして国を強くしていくことも必要だと思った」

「うん、うん」

沢山、沢山、デメトリオは頑張ったのだ。

「そんな俺の努力を、知っていてくれて……ありがとう」

デメトリオが赤紫色の瞳をしっかりとこちらに向け、そう言って礼を述べた。

エヴァリーナは堪《こら》え切れずに、ポロポロと涙を零《こぼ》してデメトリオと額《ひたい》を合わせる。

「学校を作ってくれてありがとう、デメトリオ」

デメトリオの力強い腕が、エヴァリーナを抱きしめた。

自然と唇が合わさり、熱い舌がエヴァリーナの口腔《こうこう》に入ってきた。エヴァリーナは抵抗せずそれを受け入れ、彼の金色の美しい短髪に指を絡《から》ませる。

幾度となく口づけを交わしていると、次第に気持ちが高揚してくる。

くちり、と音を立てて唇を離したデメトリオは、熱のこもった瞳でエヴァリーナを見つめて問う。

「このまま、抱いてもいいか？」

さすがに今はそういう場面でないと思っているのだろう。言ってしまったことを恥じるように瞳を伏せる男を、エヴァリーナは愛しいと思った。

「どうせ、嫌だって言ってもするんでしょ？」

だから、わざといつも通りのぶっきらぼうな口調で答えた。

「ああ、してしまうな。あなたが可愛いから」

そんな彼女に、デメトリオがフッと微笑む。そして、壊れ物を扱うみたいに触れてくる彼に、エヴァリーナは身を任せたのだった。

チュ、チュ、と優しくついばむようなキスが、すぐに濃厚で深いものへと変わっていく。舌を絡《から》ませながら背中を撫でられ、ゾクリと背筋が粟立《あわだ》った。

「んあっ」

甲高い声を上げると、嬉しそうにデメトリオが笑った。間近から覗《のぞ》き込んでくる赤紫の瞳には、蜂蜜《はちみつ》を溶かしたような金色の虹彩《こうさい》が見える。人の目ではあり得ないその色合いは、彼が一度死んだ存在だからかもしれない。

けれど、彼の舌は決して死人のそれではなく、熱くエヴァリーナを翻弄《ほんろう》していく。

「エヴァリーナ……」

はあっと吐息が漏《も》れる。昨日よりもデメトリオの動きを性急に感じた。

目じりがほんのりと赤く、欲情しているのが伝わってきて、エヴァリーナはなんだか無性に恥ずかしくなる。

これまで以上に、求められているような気がした。

「好きだ、エヴァリーナ」

もう一度、真っ直ぐに視線を合わせて言われて、エヴァリーナはキュッと唇を噛んだ。

彼に触れられるたびにゾワゾワする。

見られていることが堪《たま》らなく恥ずかしい。

それなのに、抵抗する気が起きない。

リオネロの言ったとおりだ。魔法を使えば、簡単にこの腕から逃げられるのに、なぜか逃げることができない。

するりとドレスローブを脱がされ、素肌が見える。露《あら》わになった肩をデメトリオの唇がなぞった。

それだけでエヴァリーナの口から、短い吐息が漏《も》れる。

「んっ」

いたるところに口づけが繰り返される。身体を撫でていた手に、ぎゅっと胸を鷲掴《わしづか》みにされた。

「痛い……！」

「すまない、痛かったか？」

顔を上げたデメトリオが心配そうに問いかけてくる。

「大丈夫」

デメトリオの頬を優しく撫で、赤くなった顔を逸《そ》らしつつ囁《ささや》いた。

「痛いけど……、気持ちいい……」

恥じらいながら正直に告げた言葉は、デメトリオの理性の箍《たが》を外してしまったようだ。

「エヴァリーナ！」

「あっ……！」

デメトリオは、エヴァリーナの胸元に顔を埋《うず》めると大きく口を開けて白い乳房にむしゃぶりついた。左胸を柔らかく揉《も》み、右胸はしゃぶられる。寒気ではない感覚に背筋がゾクゾクとし、彼によ

って教え込まれた快楽に心ごと引きずり込まれていく。

「可愛い……好きだ……エヴァリーナ……」

ハアッと興奮を抑えきれない様子で、デメトリオがエヴァリーナの胸を貪《むさぼ》る。

今までと違って、今日のデメトリオは余裕がない。けれどそんな彼にドキドキした。

デメトリオの舌と歯の動きで、胸の先がツンッと尖《とが》り始めているのが分かる。敏感になったそこを、ぐにぐにと舌先で押されては吸われる。

「んっ……あんまり……吸わないで……」

エヴァリーナは掠《かす》れた声でそう懇願するが、デメトリオから更に強く吸われた。痛いはずなのに、湧き起こるのは甘い痺《しび》れに似た感覚だ。

しばらくの間、胸を舐《な》めていたデメトリオの舌は、次第に腋《わき》へ這《は》っていく。

「ちょ、そこは、やっ！」

慌てて腋《わき》を締めようとしたら、デメトリオに止められた。彼は片手で両手首を掴《つか》み、頭の上で一つに纏《まと》める。それによって、剥《む》き出しになった腋《わき》を、デメトリオの舌が這《は》った。

「や！　そんなとこ、舐《な》めないで！　まだ湯浴みもしてないのにっ……！」

今日はあちこち動き回ったので、汗をかいている。にもかかわらず、デメトリオはそこを丹念に舐《な》めていった。

「汚いってばっ……デメトリオっ！」

恥ずかしい。汚い。

そう言えば言う程、デメトリオは意地悪くエヴァリーナの腋《わき》を舐《な》めた。

「もう、やだっ！」

エヴァリーナが音《ね》を上げると、彼はようやくそこから顔を上げる。そうして、ゆっくりと彼女の肌を舌先で辿《たど》っていった。

「んっ……」

臍《へそ》を舐《な》め、脇腹を伝い、エヴァリーナの薄い茂みに下りていく。

武骨な手が強引にエヴァリーナから下着を剥《は》ぎ取り、大きく足を広げた。

デメトリオはそこをしっかりと見つめて、うっとりと呟《つぶや》く。

「ああ……沢山濡れている」

嬉しそうな声に、エヴァリーナは身体中から火が出る思いだった。羞恥《しゅうち》で薄桃色に染まっていく裸体を、デメトリオの赤紫色の瞳がしっかりと捉《とら》えていた。

躊躇《ためら》うことなくデメトリオの顔がそこに伏せられ、エヴァリーナは悲鳴を上げた。

「やあっ！」

身体中をビリビリと強い痺《しび》れが走った。

デメトリオの頭を押して、その刺激から逃がれようとしたのに、逆にガシリと腰を掴《つか》まれ更に大きく足を開かれる。

彼はしとどに蜜をたらす中心に、じゅるじゅると音を立てて吸いついた。

「ちょっ……なんでいつもそこ舐《な》めるの!?」

少しだけ顔を上げたデメトリオは、美しい顔でとんでもないことを断言した。

「美味《うま》いからだ」

「嘘つき――――!」

思わず叫んだが、すぐにまたそこへ顔を埋《うず》められる。

一国の王子にそんなところを舐《な》められるのは本当に恥ずかしくていたたまれない。

必死に頭をどかそうともがくけれど、彼の頭は頑《がん》として動かない。それどころか、更にぐりぐりと舌を押しつけられ舐《な》め回された。

「んんっ! あ!」

無意識に甲高い声が上がってしまう。

激しい。そして、いやらしい。

じゅるっ、べちゃっ、と、聞くに堪《た》えない淫《みだ》らな水音がする。

「いやぁ!」

今までの比ではない強い快感が身体の中心から溢《あふ》れてくる。

ずるずると啜《すす》られ、ぬるぬると舐《な》められた。あまりに強い羞恥《しゅうち》と快感に、エヴァリーナの頭は真っ白に飛びそうになる。

「いやっ、んぁっ」

由緒正しい血筋の男が、一介の魔女の秘所を舐《な》めしゃぶっている。

「もう……やめてっ……!」

口では拒絶しても、エヴァリーナの身体は素直に蜜を零《こぼ》していく。今やそこは、デメトリオの唾液と合わさり、シーツを濡らしていった。

（恥ずかしい――）

湯浴みもしていない。汗もかいている身体を、ひたすら触れられ、舐《な》められ、愛《め》でられる。エヴァリーナはとろりと瞳を潤《うる》ませ、涙を零《こぼ》した。

「どこもかしこも舐《な》め尽くしてしまいたい」

雄の本音がデメトリオの口から漏《も》れると、それに反応するみたいにエヴァリーナの蜜源がキュッと締まった。デメトリオはその反応に気を良くして、指を一本差し込む。そうして、くるりとその蜜壺の中を掻き混ぜた。

「んっ……」

舌だけでは届かない場所に入りこんでくる指に、自然と声が漏《も》れる。

「昨日したばかりなのに、あなたのここはすぐに狭くなってしまうな」

そう言いつつも、デメトリオの口角は上がっている。

「あ、あ、あっ」

身体中を真っ赤にしたエヴァリーナは既に息も絶え絶えだ。デメトリオの言葉一つにビクビクと身を跳ねさせる。

その様子に、デメトリオもますます煽《あお》られ、やや性急に自分の下穿きの前をくつろげさせた。

快楽に酔ったエヴァリーナの目の前に、しっかりと反応したデメトリオ自身が晒《さら》される。

「あなたの中に、早く入りたくて仕方がない」

デメトリオが興奮して隆起したものをエヴァリーナに見せつける。

エヴァリーナは息を呑み、恥じらうように目を伏せた。だが、それが更に男の劣情を煽《あお》る。

「エヴァリーナ、いいか？」

デメトリオがエヴァリーナの片足を持ち上げる。ゆっくりと身体が開かれていくのを、エヴァリーナはじっと受け入れた。

「エヴァリーナ、言葉で欲しい」

熱く掠《かす》れた声で懇願され、エヴァリーナは上目遣いでデメトリオを見上げる。そして、観念したように囁《ささや》いた。

「いいよ……」

デメトリオは嬉しそうに微笑むと、性急に自分自身をエヴァリーナの中に埋め込んでいった。

「ふぁっ……」

入り込んでくる瞬間は、いつも胸が張り裂けそうだ。だけど、エヴァリーナはもうその先に何があるのか知っている。

（ああ、どうしよう——）

全てが身体の中に納められた時、ポロリとまた涙が零《こぼ》れた。

それを見て、デメトリオは宥《なだ》めるようにエヴァリーナの目尻にキスをする。溢《あふ》れた涙を唇で優しく掬《すく》う。

「動いていいか？」

返事の代わりに、エヴァリーナはデメトリオにしがみついた。

デメトリオがその腰を一度強く押し込んでから、ゆっくりと引き抜き始めると、それだけで身体に甘い痺《しび》れが走る。

身体は快楽を求める。

そして、心は――

「デメトリオ……っ！」

「エヴァリーナ、好きだ」

唇を合わせ、激しく舌を絡《から》める。

エヴァリーナはそれがありがたかった。

なぜなら、そうでもしなければ望まぬ答えが口から出てきてしまいそうだったから。

(好き……？　私は、デメトリオが好きなの……？)

身体を揺さぶられるたびに、頭の中でその言葉がぐるぐる回る。

声が出ない口の中では、デメトリオの舌が歯列をなぞり、唾液を掻き混ぜ、口づけを更に深く濃いものにさせていた。その舌が、ずるりとエヴァリーナの口腔《こうこう》から出ていってしまうと、エヴァリーナは名残惜《なごりお》しく感じて、自分の舌先を伸ばしてしまう。

ずっと絡《から》まっていたい。ずっと上も下も繋《つな》がっていたい。

そんな浅ましい気持ちが自分の中にもあるのだと気づく。

だけど、止められない。止まらない。

離れることを寂しがるエヴァリーナの舌先を包むように、もう一度軽い唇同士の戯《たわむ》れの後、至近距離に熱く潤《うる》んだ赤紫の瞳を確認できた。

気持ちが溢《あふ》れ、自然と彼に触れ、その頬を撫でたい欲求に駆られる。その思いのまま、彼に向かって手を伸ばすと――

「やぁっ……」

ぐんっと更に奥深く突き入れられ、指先がデメトリオの唇に触れた。その指を、かぷりと噛まれる。

「あっ!!」

背中が反り返り、ゾワゾワとした快感が身体中に広がった。そして、中に入った彼自身をぎゅっと絞り上げる。

「っく……」

デメトリオの顔が歪《ゆが》み、何かを堪《こら》えるように身を震わせた。デメトリオは一瞬動きを止めたが、すぐに自身を引き抜くと、エヴァリーナの身体をうつ伏せに転がす。

(え?)

「腰を上げて……」

デメトリオは背中にのしかかってくると、エヴァリーナの下腹を撫でながら懇願する。エヴァリーナはぞくぞくと背筋に走る得体のしれない快感に促《うなが》されるように尻を上げた。

いやらしい体勢だと思ったし、それからどうなるのか分からない程馬鹿じゃない。優しく尻を撫でられて、己《おのれ》の背中を見ているであろう彼に対し、エヴァリーナも気がつけば懇願していた。

「はやく……」

(もっとちょうだい……)

離れているのが寂しい。繋《つな》がっていたい。もっと、先に二人でいきたい。

「エヴァリーナッ」

「あっ……!」

後ろからでも、容易《たやす》くエヴァリーナはデメトリオを呑み込んだ。いや、むしろ、ずっと深い場所に入ってこられ、腹の奥がつきんと痛む。

「くるしっ……」

「ああ……エヴァリーナ……」

デメトリオの声がすぐ耳の傍で聞こえた。背中に触れる彼の身体はとても熱い。全身で覆《おお》い被さられているのが分かる。

揺さぶりはすぐだった。向き合ってするよりも、ずっと激しく、そして深い熱がエヴァリーナを翻弄《ほんろう》する。

「あっ……あ、あっ……んぁ……」

深く、深く、深く。抉《えぐ》られるたびに、快楽とも痛みともとれる衝撃がエヴァリーナを襲う。

このままデメトリオの熱に、溶かされてしまいそうだった。

（溶けてしまいそう……）

いや、もう溶けているのかもしれない。そんな気がした。

「あっ……もうっ……イッちゃ……」

上手《うま》く言葉が伝えられない。舌を噛みそうな荒々しさに、シーツを握りしめると、デメトリオの声が聞こえる。

「俺もだ……っ」

切羽詰《せっぱつ》まったような声に、一緒にいけるんだと歓喜で胸が震えた。

律動が更に加速し、エヴァリーナの中がぎゅっと悦楽を逃さぬように締まる。

「デメトリオッ……！」

「エヴァリーナッ……！」

互いに名前を呼んで、ほぼ同時に果てた。


何も考えられない。真っ白だ。

全速力で走っても、これ程、燃え尽きることはないのではないか。

寝台に突っ伏したエヴァリーナの上には、デメトリオの身体がピタリと重《かさ》なっている。それでも重すぎないのは、彼が手や足で上手《うま》く体重をかけないようにしているのだろう。

密着した背中が心地よい。

やがて息を整えたデメトリオが、身体を起こし、ゆっくりとエヴァリーナから離れていった。

「あっ……」

抜けていくデメトリオが寂しい。

そんなエヴァリーナの心を分かっているかのように、デメトリオがエヴァリーナの髪を撫でた。

ドサリと横に仰向けに転がったデメトリオに、身体を横にしてエヴァリーナが顔を寄せる。力強い腕が、エヴァリーナの頭を更に己《おのれ》の胸に抱き寄せた。

そして、甘い声がエヴァリーナに降り注《そそ》ぐ。

「エヴァリーナ、好きだ」

「そんなに安売りしないで……」

胸に顔を押しつけたままぼやいた声は、随分甘かった。腰のあたりがじわじわと重く、心が満たされている気がする。

「あなたと共に生きていきたい」

デメトリオは、今度は言葉でエヴァリーナに愛を示そうとしているようだった。

「でも私は――」

「文字が書けずとも読めなくとも構わない。必要ならば私があなたの代わりに書こう」

デメトリオがそっとエヴァリーナの手を握ってきた。

「エヴァリーナ、今度、図書室に行かないか？」

「図書室？」

「ああ。あなたが読みたい本を私が音読しよう」

「……っ」

思わず息を呑んだ。

文字を一生理解できないと知った時、何より悲しかったのは、自分が一生本を読めないということだった。

諦めきれなくて足掻いた三年間、それでも本が読みたくて、どうすればいいのか悩んだ末に、エヴァリーナは教師に頼んだのだ。

『先生……教科書を読んでいただけませんか？』

その中にどんなことが書いてあるのか知りたかった。だが、教師の対応は冷ややかなものだった。

『いくら君が稀有《けう》な才能を持った魔女でも、私たちは君だけを特別扱いはできない』

今でも、ふと考えることがある。

もし学生時代、誰かエヴァリーナに本を読んでくれる者がいたら、もっと早くリオネロと会えていたら、自分はどんな魔女になっていただろう？

「私があなたの代わりに文字を読む。あなたの代わりに文字を書く。夫婦というものはそうして互いに補い合っていくものではないだろうか」

（ああ、なんてこの人は真っ直ぐなんだろう……）

情に厚く、人に優しく、そして許容性が広い。できないこともできなくていいのだと言うことの難しさを分かった上での言葉に、エヴァリーナは涙を堪《こら》えられない。

（眩《まぶ》しいなぁ……）

どうしたらこんなにも真っ直ぐに生きていけるのだろう。どうしたら、こんな風に強くなれるのだろう。自分もいつか、文字を読めないことを受け入れられるのだろうか――

「大丈夫だ。俺が傍にいる」

胸中の逡巡《しゅんじゅん》を正しく理解した彼の言葉に、エヴァリーナは再びその胸に額《ひたい》を押しつけてぽつりと呟《つぶや》いた。

「ありがとう、デメトリオ……」

それは、王子の好意を、初めて感謝した言葉だった。

5　王子様、子供はおんぶが好きです

翌日、エヴァリーナとリオネロは件《くだん》の殺人現場へと向かった。場所は王族専用の中庭だ。入ることが許されるか心配したが、すんなりと許可が下りた。

「昨日はすみませんでした」

現場へと向かう途中、リオネロがそうエヴァリーナに詫《わ》びた。

「え、何が？」

「デメトリオ殿下に、勝手にエヴァリーナ様の生い立ちを話してしまって」

「ああ、いいよ。むしろ、話してもらえてよかった気がする……」

「エヴァリーナ様？」

なぜ？　とリオネロがエヴァリーナに不思議そうな顔を向けてくる。エヴァリーナは少し躊躇《ためら》いつつも、昨日デメトリオから告げられたことを話した。

「文字を書けない私に代わって自分が文字を書くし、本を読んでくれるって。そうやって補い合っていこうって」

「それは……」

リオネロの耳がピンッと伸びた。その内耳がほんのりと赤くなる。

嬉しそうに笑いながら、リオネロはエヴァリーナに言った。

「それは、とても、素敵なことですね」

「うん、ちょっと嬉しかった……」

弟子《でし》の手前、本音を言うのは非常に気恥ずかしい。

「じゃあ、犯人捜しは、もうしなくてもいいですかね？」

「え、なんで？」

「だってもう、陛下に結婚を止めたいってお願いする必要がなくなったってことですよね？」

「えっ、それとこれは、話は別よ」

デメトリオに惹かれ始めているのは確かだが、だからといってすぐに結婚というのは無理だ。デメトリオに心を許せるようになっても、彼が四六時中、傍にいてくれるわけではない。そんな中ここで生きていく覚悟が、こんな短時間でできるわけがなかった。

「それに、あんなに優しい人を殺した犯人は、絶対見つけなきゃ……！」

だから、これまでよりももっと強く、エヴァリーナは事件の犯人を見つける目的ができた。

一つは自分のために。そして、もう一つはデメトリオのために。

リオネロはうんうんとうなずくと、エヴァリーナに向かって指を立てた。

「そうですね。僕たちはにわか探偵ですけど、だからこそできることもあるかもしれませんしね。精一杯、頑張って犯人を見つけましょう！　みっちり解決です！」

果たしてみっちり解決できるのか甚《はなは》だ不安ではあるが、話しているうちに現場に着いた。

事件現場には、二つの入り口がある。この中庭で、王族の居住区とそれ以外の公共の場を区切っているらしく、衛兵が見張る公共の場の入り口には、立ち入り禁止の立札が立てられている。立札には、補修工事のため立ち入りを一時禁ずると書いてあった。しかし当然ながら補修している様子はない。

扉を開けて中に入ると、王族専用ということで、どこよりも美しく整えられた中庭が広がっていたが、今や閑散とし、水を止められた噴水が一層侘《わび》しさを表していた。

「さあ、今度はハウダニットです」

「どうやって殺したか、ということね……」

「そうです。ホワイダニットよりハウダニットのほうから事件は解明されるようですよ」

リオネロは得意げに言ったが、この兎《うさぎ》少年の言葉は、全て物語の受け売りだということをエヴァリーナは知っている。

物語の中ではそうだとしても、現実の中でまで上手《うま》くいくものだろうか。

「で、この噴水の側に、デメトリオは倒れていたのね」

殺害現場の噴水の前で、二人は改めて状況の確認をする。

「発見された時は、噴水に頭を向けてうつ伏せで倒れていたそうです」

「そうかぁ……」

エヴァリーナはうーんと小さく唸《うな》った。納得いかない理由をリオネロも当然理解している。

「身体の向きが逆だったらまた違ったんでしょうけどね」

リオネロがそう言いながら、噴水の縁に上る。縁は膝位の高さがあるので、背の小さい人間であってもそこに上ればデメトリオの首を狙える。

だが、彼は噴水に頭を向けてうつ伏せに倒れていた。噴水の縁に立って刺したのならば、倒れる方向がおかしい。

「刺した後に遺体をひっくり返した……？」

「そもそも噴水の縁に上がった相手に、デメトリオ殿下が不用意に背中を向けますかね？」

「向けないでしょうね」

犯人が見つからない理由がよく分かる。

遺体の倒れた向きからして、犯人はデメトリオと同じかそれ以上の背丈でなければ、首を刺せないはずなのだ。この場に入れて背丈がデメトリオ以上となると、当てはまるのがアドルフォとステラッリオしかいない。

エヴァリーナは噴水の縁に腰掛けて、頬杖をつく。

「魔法でも……ないだろうしなぁ……」

魔法を使った殺人の可能性も考えられなくはない。だが、魔法陣は強い光を発するので、夜の庭園でそのような光が放たれれば、デメトリオが気づかないはずない。

「うーん……」

腕組みをして、首を傾《かし》げる。

「誰か知らない人が入った形跡もないんでしょう？」

「はい。それに、公共の入り口では衛兵が常に目を光らせていますからね。見慣れない人間がいたらすぐに気づくと思いますよ」

リオネロが事前に調書を確認した限りでは、外部からの侵入者は認められていないらしい。

誰にも気づかれずに中庭に入るとするならば、王族の居住区側の入り口からしかない。

エヴァリーナは「手詰まりか……」と呻《うめ》いた。

「どうやって殺したかが分からないんじゃ、犯人探しが難航するわけだ……」

一見してシンプルな犯行に見える。その分、犯行可能な人間は限られるが、到底殺すとは思えない者ばかりなのだ。

アドルフォ然《しか》り、ステラッツリオ然《しか》り。

少し話を聞いただけでも、彼らが実の弟を殺すはずがないと分かるし、その必要もない。

「王城内での殺人、しかも国の威信に関わる大事件だっていうのに、犯人やその動機がここまで分からないなんて異常ですよ。あの日、夜会に来ていた貴族をかなり調べたみたいですけど、事件の手掛かりは零《ゼロ》。これって見事に迷宮入り案件ですよ」

リオネロがため息をついて、その場にしゃがみ込んだ。

「仕方ない。リオネロ、次のところへ……」

エヴァリーナがそう口を開いた瞬間――

「うしゃぎ――――！」

甲高い声が聞こえたと思ったら、小さな何かが勢いよくリオネロの背中に突進していった。

「ぐえっ！」

気を抜いていたリオネロは、そのまま地面に押し倒されてしまう。

「うしゃぎ！　うしゃぎ！」

「ぐえっ、ぐえっ、ぐえっ」

どこから来たのか、リオネロの背に乗ってきゃっきゃと幼子《おさなご》がはしゃいでいる。その子は、金色の髪に水色の瞳をした天使のように愛らしい男の子だった。

(どうしてこんなところに子供が……？)

エヴァリーナが戸惑っていると、遠くから女性の声が聞こえてきた。

「シルヴィオ殿下！　どこですか！」

「シルヴィオ殿下？」

「しるヴぃお、にしゃい！」

自分のことを呼ばれたと分かったのだろう。幼子《おさなご》はエヴァリーナに向かってにっこりと微笑むとそう言った。

「シルヴィオ殿下！　ステラッリオ王太子殿下のご子息です」

地面に押し倒された状態でリオネロが補足してくる。

「ああ、この子が……」

なるほど。言われてみれば、ステラッリオの面影がどことなくある。

確かもうすぐ誕生日がきて、三歳になるのだったか。小さくてもやけに活発なお子様だ。

きた。

「うしゃぎー、おんぶーおんぶー！」

「ぐえっ！　ぐえっふ」

「殿下、そのままでは、おんぶはできませんよ？」

エヴァリーナが優しく声をかけると、シルヴィオはにこにこ笑ってエヴァリーナに手を伸ばしてきた。

「だっこ」

すごく人懐《ひとなつ》っこい子だ。愛くるしい笑みにこちらもつい微笑んでしまう。

エヴァリーナはクスリと笑ってシルヴィオを抱き上げる。小さい子供は思った以上にずっしりと重かった。

シルヴィオはエヴァリーナの肩に顎《あご》をのせて「くふふ」と笑う。活発な男の子は、日向《ひなた》と汗の匂いがした。

「シルヴィオ殿下！」

王族の居住区側の入り口が開き、侍女がこちらに気がつく。そして、シルヴィオを見つけて、ホッとした顔になって駆けつけてきた。

「お昼寝の最中に抜け出すのはもうおやめください」

「はーい」

分かっているのかいないのか、返事だけはしっかりするシルヴィオに苦笑してしまう。侍女に渡そうとすると、彼はいやいやをしてエヴァリーナにしがみついてきた。

「うしゃぎー、おんぶー！　うしゃぎー！」

どうやらどうしてもリオネロにおんぶしてもらいたいらしい。

「リオネロ」

エヴァリーナが呼ぶと、起き上がって服をはらっていた彼の耳がペタリと伏せられた。無言の拒絶をしてくる弟子《でし》の名を、もう一度呼んだ。

「リオネロ」

すると、リオネロは渋々背中を向けた。エヴァリーナはくすくす笑いながら、その背中にシルヴィオをおぶらせる。

「きゃは——！」

「痛《い》って——!!」

次の瞬間、リオネロの耳をシルヴィオが躊躇《ためら》いなく掴《つか》み、ぐいんぐいんと前後に動かす。

「痛い痛い痛い痛い痛い！」

悲鳴を上げつつも、背中の子供を振り落さない根性はさすがだ。

「シルヴィオ殿下、駄目です」

エヴァリーナがシルヴィオの手を掴《つか》む。そして、小さく首を横に振った。いくら王族といえども、獣人の耳をこんな風に扱ってはいけない。獣人の耳は人間以上に繊細なのだ。

シルヴィオは、己《おのれ》が叱られたと分かったのだろう。一瞬目を大きく見開いて驚いた後、べそをかき始める。

「どうした？」

その時、別の声が割って入ってきた。公共の、衛兵の立っていた入り口から現れたのはデメトリオだった。

「立ち入り禁止の中庭が随分賑《にぎ》やかだと思えば……」

訓練を終えた後なのだろうか。いつもより軽装で現れたデメトリオは、リオネロの背にいるシルヴィオを見て状況を察したようだ。

「リオネロ、すまなかったな」

そう言いながら、デメトリオはシルヴィオを抱き上げる。その途端、シルヴィオは「ふぇぇぇぇ……」と子供らしい声を上げて泣き始めた。

「気にするな、嘘泣きだ」

デメトリオは慣れた様子でポンポンと甥《おい》の背中を優しく叩くと、泣いていた子供はすぐに泣き止んだ。

「ディー、ディー、おんぶー」

ディーというのはおそらくデメトリオのことだろう。可愛らしい物言いに自然と頬が緩《ゆる》む。デメトリオは、シルヴィオを地面に下ろすと、その前に屈《かが》んで背を向ける。

「落ちないように気をつけろよ」

「あいっ！」

シルヴィオは勢いよくデメトリオの背中に飛びついた。その姿は、父と子のように見えて微笑ましい。

立ち上がったデメトリオは、シルヴィオの侍女に問う。

「シルヴィオの予定は、この後どうなっている？」

「パオラ王太子妃殿下と小サロンでお茶をされることになっています」

「そうか。ならば、そこまで私が連れていこう」

「あ、僕たちもご一緒させてください。その小サロンでパオラ王太子妃殿下と面会の約束をしております」

「そうか」

シルヴィオをおぶったデメトリオに案内されて居住区側の入り口から出て、エヴァリーナたちはパオラのいる小サロンへと歩いていく。

「王族も、おんぶなんてするのね……」

「各地の学校を視察した時に見かけたんだ。試しにシルヴィオにしてみたら、随分気に入られてしまってな……おかげで兄上に怒られた」

なるほど。確かに小さな子供はおんぶが好きだ。エヴァリーナも小さな頃、近所の子供をおぶったことを思い出す。

「デメトリオの背中なら、楽しいでしょうね」

「だが、こうして両手で尻を支えていないとならないから、腕がつりそうだ」

シルヴィオはまだ小さいので、己《おのれ》の力で背中にしがみついていることはできないのだろう。手でしっかりと支えていないと落ちてしまうようだった。

小サロンの前まで来ると、デメトリオがしゃがんでその背中からシルヴィオを下ろす。

「ディー、ありがとう！」

「どういたしまして」

叔父と甥《おい》の交流は、ほのぼのとしていて微笑ましいものだった。肩を回しながらデメトリオは立ち上がると、エヴァリーナ、パオラ妃殿下との面会後は何か予定はあるか？」

「エヴァリーナ、パオラ妃殿下との面会後は何か予定はあるか？」

「……えっと」

「大丈夫です。その後の予定はありません」

リオネロがエヴァリーナの代わりに返事をする。この後は、事件の調査はないらしい。

「なら少しつき合ってほしい」

「え？　ええ……」

「それでは、後で迎えに来る」

そう言うと、さり気なくエヴァリーナの頬にキスをして去っていった。

シルヴィオが「ちゅーしたー！」と喜んでいる。エヴァリーナは頬を押さえて、顔の赤みを逃すのに精一杯だ。

幸いすぐに赤みは引いたので、シルヴィオと一緒に小サロンに入る。

初めて会うパオラは、二十歳の見目麗《みめうるわ》しい女性だった。青い髪に水色の瞳をした彼女は元侯爵令嬢で、王家に嫁ぐに相応《ふさわ》しい女性だ。

シルヴィオは母親の姿を見るなり、「かーしゃま！」と駆け寄っていく。

「ふふふ、シルヴィ。よく眠れた？」

陶器人形のように美しい王太子妃は、我が子の頭を優しく撫でると、慈愛に満ちた微笑みを浮かべる。

最初に見た時は、少女みたいに可愛らしい雰囲気を感じた。だが、こうしてシルヴィオと並ぶと、きちんと母親らしい表情が垣間見える。

けれど、こちらへ視線を向けたパオラの表情は、また一変する。

まるで、パアッと薔薇《ばら》が咲いたような華やかさが加わったのだ。

（うわぁ……すごく綺麗な人だな）

くるくると変わる表情に、思わず目を奪われる。ステラッリオが『可愛らしい妻』と称したのも分からなくないなと感じた。

貴族の女性はもっと気取って偉そうな印象を持っていたのだが、王妃のセレナといいパオラといい、見事にその印象を裏切っている。

「まあ！　あなたが魔女のエヴァリーナね！　そして、そちらの可愛らしい方は兎人《とじん》のお弟子《でし》さんね。初めまして、パオラと言います」

「発言をお許しください、パオラ王太子妃殿下。私は博識の魔女、エヴァリーナ・シーカと申します。隣におりますのは弟子《でし》のリオネロでございます。本日はお時間をいただき、誠にありがとうございます」

「堅苦しい挨拶《あいさつ》はいいのよ。それよりもお話ししましょう？」

大きなテーブルには淡い桃色のテーブルクロスが敷かれ、女官がお茶の用意をしている。シルヴィオにも椅子が用意され、行儀よく母親の隣に座っている。その様子は、小さいながらもさすがに王族らしかった。それにしても、パオラはとても一児の母とは思えない若々しさと瑞々《みずみず》しさがあった。

「早速だけど、デメトリオ様のこと、本当にありがとう。あんな恐ろしいことが王城の中で起きてしまって、本当に怖かったのよ」

「もったいないお言葉、ありがとうございます」

「今日は、夜会当日のことを聞きたいのよね？」

パオラは一度ティーカップに口をつけてから口を開く。

「実は私、先に部屋に戻りましたから、詳しくは分からないの。シルヴィオが夜中に目を覚ますと、一人で部屋を抜け出してしまうから傍についていてあげないと駄目なのよ」

パオラは少し困った顔で、シルヴィオの頭を優しく撫でる。

「そろそろ三歳になるし、本来なら一人で眠らなければならないのに……どうしてもそれができなくてね……」

「ぼく、かーしゃまいないとさみしい」

「そうね、私もシルヴィオがいないと寂しいわ」

母親の頬にチュッとキスをするシルヴィオはとても愛くるしい。

さすがに子供の前で物騒な質問はできないので、当日のデメトリオの様子を確認してみる。

「夜会で、デメトリオ殿下の様子に変わったところはありませんでしたか？」

「そうねぇ……いつもとお変わりなかったように思うわ」

やはりパオラの答えも、他の王族のものと同じだった。

いつもと様子が変わらなかったデメトリオ。そんな彼がどうして殺されたのか。

物思いに耽《ふけ》りかけたエヴァリーナに、パオラが身を乗り出さんばかりの勢いで話しかけてきた。

「それよりも、あなたとデメトリオ様が婚約するというのは、本当かしら？」

キラキラとした目で興味津々《きょうみしんしん》に問いかけられ、エヴァリーナは頬を引きつらせた。

「いえ……まだそのような……」

「まだ、ということは、後々、そうなるってこと？」

はっきりと答えられずエヴァリーナが口ごもっていると、パオラに恥じらっていると解釈されたらしい。

「騎士と魔女の恋物語……本みたいで素敵ね！」

夢見るように、うっとりとパオラは宙を見上げる。

（この人も結婚について反対しないのか……）

セレナといい、パオラといい、もっと拒絶反応があってもいいだろうに……

あの王様は、そういった人間をことごとく排除してきたのだな、と感心してしまう。

「私のような者が、デメトリオ殿下と結婚するのはどうかと思うのですが……」

その言葉に、パオラはぶんぶんと首を横に振る。

「そんなことなくてよ！　陛下とセレナ様も恋愛結婚でしたもの。数多《あまた》の困難を乗り越えて恋に落ちる二人なんて、とても素敵だわ……」

ほぉ、とため息を吐くパオラに、エヴァリーナはステラッリオのことを話す。

「昨日、ステラッリオ殿下は、パオラ妃殿下のことを可愛らしい妻で愛していると仰《おっしゃ》っていましたよ」

こっそり告げると、パオラは一瞬大きく目を見開いた後、パアッと頬を薔薇《ばら》色に染めた。

「まあ、ステラッリオ様がそんなことを……？」

自分の話題になった途端、恥じらうパオラの姿に、思わずエヴァリーナもリオネロも口元を緩《ゆる》めてしまう。

両頬に手を当てたパオラは嬉しそうにはにかむ。

政略とはいえ、パオラもステラッリオに愛情を感じているのが、その様子でよく分かる。

（ここの国の王族は、みんな素直だなぁ……）

パオラといい、デメトリオといい、政略や契約であっても、相手を好きになれる素直さを素敵だと思う。

顔を上げたパオラが微笑みながら言う。

「わたくし、お二人のことを応援しますわ。身分なんて気になさらないで！」

「……ありがとうございます」

なんとも言えない気持ちで、エヴァリーナは無難にそう返すのだった。

その後、小一時間近く、パオラの『恋愛物語』につき合わされ、小サロンを出る頃にはエヴァリーナもリオネロも疲労困憊《ひろうこんぱい》していた。

「なんというか……綿菓子みたいなお姫様でしたね……」

リオネロが珍しくぐったりした様子でそう言った。

「王妃がキリッとした雰囲気の人だったから、まったく逆のタイプね」

「上位貴族ってもっと感じが悪いと思っていましたよ……」

「ここの王族が特別なのよ……」

しっかりしているが恋愛結婚推奨の長兄夫婦。

政略結婚ではあるが、キラキラと夢見がちな次兄夫婦。

どちらも到底、デメトリオを殺すようには思えない。

「パオラ妃殿下の御子息、シルヴィオ殿下は、今のところ王位継承順位は第三位ですが、実は次期王位の最有力候補と言われています。それを考えると、デメトリオ殿下を一番邪魔に思うのは王太子妃殿下だと思ったんですが……」

突然、リオネロが物騒なことを言ってくる。

「ちょっ、リオネロ……！」

護衛と監視を兼ねた騎士が背後にいるので、しーっと人差し指を口に当てて、静かにするように促《うなが》した。それからエヴァリーナは、声を潜《ひそ》めてリオネロに言う。

「だけど、パオラ妃殿下は小柄だわ。とてもじゃないけど、デメトリオの首なんて刺せないわよ」

女性の中では、王妃のセレナが一番背が高いだろう。しかしそれでもデメトリオの首に短剣を突き立てられる程ではない。

「それはきっと、刺客に頼んで……」

「リオネロはそういう本の読みすぎ。大体、王城内に刺客が紛《まぎ》れ込んでいたなんて、そちらの方がよほどまずいわよ」

確かに動機だけを考えれば、パオラにはその可能性がある。だが、殺害方法からすれば、彼女は一番縁遠い人物だった。

「デメトリオは、そう簡単に背後を取らせないわよ？」

騎士であるデメトリオは人の気配に敏感だ。そこに殺気が込められていれば、彼は間違いなく気づくはずだろう。

それなのに、デメトリオは殺された。

(解《げ》せないな……)

頼みの綱のデメトリオは、死ぬ直前のことを何も覚えていないと言う。

国王と王妃を居室に送った後、彼はどうして夜の中庭になど入ったのか——

「エヴァリーナ」

エヴァリーナが考えに没頭していると、背後から名を呼ばれてハッとした。振り返ると、デメトリオが苦笑しながらこちらへ向かってくる。

「あ！」

そういえば、パオラと話した後、つき合ってほしいと言われたことを思い出す。

「ご、ごめん、デメトリオ！」

「いや、構わない。色々と私の事件のことで苦労させる。すまないな」

「それじゃ、僕は先に戻って今日の話を整理しておきますね」

リオネロが気を利かせて騎士と先に塔へ戻っていった。

そうしてエヴァリーナは、デメトリオの後をついて知らない場所を歩いていく。

「どこへ行くの？」

「ついてくれば分かる」

しばらく連れ立って歩いた後、彼が足を止めた場所は、想像もしなかったところだった。

デメトリオがエヴァリーナを案内したところ——それは王城内にある図書室。

文字の読めないエヴァリーナにとって、一番縁遠い場所である。

表情を強張《こわば》らせるエヴァリーナの手を握り、デメトリオは図書室の中をぐんぐん進んでいく。

「何が読みたい？」

「は？」

「エヴァリーナはどのような本を読んでみたい？」

デメトリオは図書室の膨大な本棚に向かって手を広げ、エヴァリーナに聞いてくる。

「どんな話が読みたい？　ここには面白い本が沢山集められている。エヴァリーナが読みたいと思う内容の本もあるはずだ。私が探してそれを読んで聞かせよう」

そう言って、少しはにかんだ笑みを見せた。

「これでも、シルヴィオにせがまれて絵本を読み聞かせているから、下手《へた》ではないはずだ。どんな内容でも、あなたが読んでみたい内容を私に教えてほしい」

「……」

エヴァリーナは言葉が出なかった。

何か口にしたら、その拍子《ひょうし》に別のものが溢《あふ》れてしまいそうだったから。

(読んでほしいと言ってもいいの？)

今までも、簡単なものならリオネロに読んでもらっていたが、さすがに小説までは頼めない。だから巷《ちまた》で流行《はや》っている物語に興味はあっても、ずっと我慢《がまん》していた。

否《いな》、教師に断られたあの日から、エヴァリーナの中で、人に頼んで本を読んでもらうという選択肢は消えていたのだ。

なのに、目の前の男は、その選択肢をエヴァリーナの前に差し出してくる。

「厚い本なんて……時間がかかるじゃない……」

期待して、失望するのはもう嫌だ――

エヴァリーナは、必死にできない理由を探す。だが、デメトリオはそれを笑い飛ばした。

「確かに時間はかかるだろうが、それだけ長く一緒にいられる。だから、どんなに厚い本でも構わない」

好きに選べと、デメトリオは図書室の本棚に目を向けた。

「どんなものが読みたい？」

決して急《せ》かすのではなく、優しく問いかけられる。その言葉に、ふとエヴァリーナの脳裏にあるタイトルが浮かぶ。

魔女の学校にいた頃、同期の魔女たちの間で流行《はや》っていた本だ。

それは少女たちが憧れるような、夢見がちな甘いお話だったのだと思う。本を読めないエヴァリーナには、時折漏《も》れ聞こえてくる感想でしか内容を想像できなかったが……

とても興味を惹かれたのを覚えている。

小さな魔女見習いの少女が王子に見初《みそ》められて恋に落ち、幾多の困難を乗り越えて結ばれるという内容だったと思う。

本当は、ずっと……ずっと読んでみたいと思っていた。

「……ま……り」

「ん？」

エヴァリーナは俯《うつむ》き、両の拳《こぶし》をギュッと握りしめる。そして、思い切って言った。

「『魔女と王子の恋物語』……」

ありきたりなタイトル。ありきたりな恋物語。

少し考える素振りをしたデメトリオは、すぐにうなずいた。

「わかった」

そう言って、迷いなく書棚の奥へ歩いてく。その後ろを、エヴァリーナは躊躇《ためら》いがちについて行った。

「本には詳しいの？」

「ああ、昔から図書室に入り浸《びた》っていたからな」

「それなのに騎士なんだ」

騎士が本を読まないとは言わないが、デメトリオは本よりも剣を持っている方が似合う。

「あんまり図書室にこもっているイメージがない」

「そうか？　これでも昔は、ステラッリオよりよっぽど図書室に入り浸《びた》っていたんだがな」

「ステラッリオ殿下より？」

文官の次兄はいかにも本を読んでいそうな雰囲気だったが。

「二人とも文官というわけにはいかなかったからな――」

「あ……」

この国は文と武、両面で弟たちが国を支えている。片方が文の道を進んだならば、もう片方も同じ道というわけにはいかなかったのだろう……

「ステラッリオより私の方が武官として優れていた。だから、私が武官になった。そうしないと若き国王を支えられないからな」

そう言ったデメトリオの顔は何かを諦めているかのように、寂しげに見えた。

学校作りにあれ程尽くしたデメトリオは、本当は別の何かになりたかったのではないのか。ふと、そんな考えが思い浮かぶ。

「本当は何になりたかったの？」

静かに問うエヴァリーナに、デメトリオが小さく笑う気配がした。

「――教師だ」

（ああ、この人も色んなものを諦めたのか……）

エヴァリーナが、文字が読めないことで色んなことを諦めたように、デメトリオもまた、色んなものを諦めて生きてきた。

生真面目だが、実直なこの男なら、きっと生徒一人一人に向き合ってくれるいい教師になっただろう。もちろん、王子という立場上、それを叶えるのは難しかっただろうが……

だがエヴァリーナは、デメトリオの夢を笑う気にはなれなかった。

「まあ、私の寿命を半分あげたんだから……そのうち、なったらいいんじゃない？」

ポツリとデメトリオの背中に言葉をかける。

「今は武官として陛下をお支えする仕事があるけれど、おじいちゃんになってから『教師』になってもいいんじゃないの？　あなたの〝夢〟は年老いてからでも叶うわ」

それはエヴァリーナらしい考え方だった。

〝夢〟という不確かなものを追い続ける難しさを誰よりも知っているからこそ、その期限を信じない。〝夢〟はいつでも持つことができるものだと思っている。だから、デメトリオの〝夢〟は、彼が生きてさえいれば、いつか必ず叶えられるものだと思ったのだ。

「……」

じっと話を聞いていたデメトリオから、返事はなかった。だが、エヴァリーナは何か言葉が欲しくて言ったわけではない。気にせず、ぎっしりと本の詰まった本棚を物珍しそうに見回していた。

デメトリオは、壁に面した本棚まで来てようやく足を止める。

「ああ、この本だ」

彼は棚の真ん中辺りに手を伸ばし、一冊の本を取り出す。それは確かに、かつて読みたいと渇望した本と同じ表紙をしていた。

「『魔女と王子の恋物語』。今晩、読み聞かせに行ってもいいか？」

「別に無理しなくていいのよ……」

俯《うつむ》きがちにそう言うと、トンッと身体の両脇に手を突かれる。

顔を上げれば、デメトリオと本棚の間に身体を挟まれていた。

彼はエヴァリーナを腕の中に閉じ込め、真剣な顔で見下ろしている。

「私が年老いて、〝夢〟を叶える時も、傍にいて欲しい」

赤紫色の瞳が真っ直ぐにエヴァリーナを射抜く。

「教師にはもうなれないと諦めていたのに……エヴァリーナ、あなたはどれだけ私を惹きつければ気が済むんだ？」

図書室という場所だからか、デメトリオはいつもより抑えた低い声で話す。

「一緒にいればいる程、あなたのことが好きになる」

愛おしそうにこちらを見つめる表情がふわりと和《やわ》らぐ。その視線にエヴァリーナの心臓が大きな音を立てた。じわじわと頬が上気していくのを止められない。

こういう率直さは本当に卑怯《ひきょう》だ。

「エヴァリーナ、あなたのことを愛称で呼んでもいいか」

デメトリオは静かにそう懇願してくる。

「愛称って……」

この国では、親しい者同士、名前を縮めたり一部分だけ切り取った愛称で呼び合ったりすることが多い。デメトリオが甥《おい》のシルヴィオに「ディー」と呼ばれていたように。

この場合、エヴァリーナは、「エヴァ」と呼ばれるはずだ。

但《ただ》し、恋人や夫婦という特別な相手に限っては、名前の最後を取る風習がある。

つまり、エヴァリーナなら『リーナ』だ。

デメトリオが呼びたいと言っているのは、間違いなく後者だろう。

「リーナと呼ばせてほしい」

思っていたとおりの懇願に、エヴァリーナはますます顔を赤くした。だが、すっぽりと腕の中に閉じ込められていて、逃げることはできない。

「呼ばせてほしい」

デメトリオがエヴァリーナの答えを急《せ》かす。

おずおずと顔を上げ、愛しげに自分を見下ろす赤紫の瞳を見つめる。その瞳の中に、どこか不安げながらも、彼と同じ表情を浮かべる自分がいた。

「……私も、……リオって呼んでいい？」

彼の懇願に対し、そうお願いした。

すると、デメトリオの瞳に歓喜の色が浮かび上がる。

「リーナ、好きだ」

上から降り注《そそ》ぐ嬉しそうな愛の言葉に、エヴァリーナはただその胸にすがるしかなかった。

だが、図書室という場所を考えてか、キスの一つもしないデメトリオの生真面目さはとても彼らしくて、エヴァリーナを苦笑させたのだった。

※　※　※

翌日。エヴァリーナは、王妃セレナに王城奥にある私《し》サロンに呼び出された。

私サロンは、王族の居住区にあり、極めてプライベートなことでしか使わない場所だ。エヴァリーナとリオネロは、緊張した面持《おもも》ちでセレナを待つ。

私サロンの中は、華美になりすぎない品のいい調度品で纏《まと》められていた。貴族の女性の部屋にしては珍しく隅に書棚が置かれている。

エヴァリーナにはさっぱりだったが、リオネロはその中の一冊に目を奪われていた。分かりやすく耳をピクピクさせながら、本棚をじっと見ている。

「あれは市井《しせい》で大人気の小説ですよ！」

「リオネロ、下手《へた》に本棚に触らないでよ」

「分かってますよ。けどあれ、新刊じゃないかな。たぶん出たばかりの……僕もこんなことに巻き込まれてなければ、買いに行ったのに――！　ううう、読みたい……！」

幸いリオネロが誘惑に負けてしまう前に、私サロンにセレナの来訪が告げられた。

二人が立ち上がり深々と礼をすると、扉から入ってきたセレナは「それ程畏《かしこ》まらなくてもいいですよ」と言った。

「エヴァリーナの魔法を試していただこうと思いまして」

優雅に微笑むセレナにエヴァリーナも微笑み返す。こうして積極的に話を進めてくれる姿勢はありがたい。

王妃であるセレナのプレッシャーを少しでも和《やわ》らげることができればいい。そう願いながら、エヴァリーナは魔法の準備を始める。

簡易の寝台を用意してもらい、それを中央に配置してもらった。その間に、セレナには飾り気のない服に着替えてもらう。

「リオネロを傍に置くことをお許し願います」

エヴァリーナが魔法を施《ほどこ》す時は、リオネロが傍にいなければならない。でないと、魔法陣を解読することができないからだ。

とはいっても、やはり身分ある女性は横になっている姿を見られるのが嫌だろうと詫《わ》びを入れる。

だが、セレナは笑ってそれを許してくれた。

「それでは今から行《おこな》うのは、王妃陛下の子宮の状態を正常に整える魔法でございます」

いくつか問診をして、セレナのおおよその状態を把握したエヴァリーナは、リオネロの方に一度合図してから一呼吸置く。これまで何度も行《おこな》ってきた魔法ではあるが、さすがに少し緊張する。

まして部屋の中には、セレナやリオネロの他に、セレナ付きの侍女が二名、魔女ではないが魔法を使えるらしき女性も一人いた。広いからそれ程気にはならないが、これだけ人が多い中で魔法を使うのは魔女学校以来な気がする。

深呼吸を五回程繰り返したのち、エヴァリーナは静かに目を閉じて言葉を紡《つむ》ぐ。

「ひとつふたつみっつよつ、『正常』」

わずかな言葉にどうしてそれだけの魔法式を乗せられるのか――他の魔女たちから何度も問われてきたが、エヴァリーナには分からない。

ただ分かるのは、短い言葉の方がイメージしやすいということだけだ。

エヴァリーナの声と共に、魔力の込められた魔法式が青白く輝く魔法陣を形作っていく。

リオネロが言うには、この魔法の魔法式には〝揺りかご〟や、〝安定〟といった、文字が含まれているそうだ。

もちろん、エヴァリーナは意図して作っているわけではないが、この魔法を使う時はいつも強く願っていることがある。

――どうか、赤ちゃんができやすい身体になりますように。

――どうか、この魔法を受け入れる相手が健《すこ》やかでいられますように。

それらの願いを受けた魔法陣は、セレナの下腹部の上で青白く発光しながら回転する。

やがて魔法陣は淡い紫に色を変えて、ゆっくりセレナの身体の中へと消えていった。

サロンが、しん、と静まり返る。

誰もが初めて見るエヴァリーナの魔法に魅入《みい》っていた。エヴァリーナの魔法陣は美しい。文字と数式のバランスの良さといい、その発光の仕方といい、極めて造形が優れている。

エヴァリーナ以外には決して作れない美しい魔法陣に、サロンにいる者たちは誰も言葉を発せずにいた。

その静寂を破ったのはリオネロだ。

「エヴァリーナ様、魔法式を確認いたしました。正常に作動しています」

本来ならば魔女自身が確認すべき事柄だが、確認できるのはリオネロしかいない。

「まだ不完全な魔法式なんですが……」

リオネロはそう言って、エヴァリーナを見ながら読み取った数式と文字の紙を、近くで見学していた女性の魔法使いに手渡す。

魔法式を確認した魔法使いは、息を呑み小さく首を横に振る。

「このような魔法式は初めて見ました……あまりに複雑すぎて、正しく魔法を発動できる者がどれだけいるか……」

「人を生き返らせる程の魔女だ。そなたたちでは足元にも及ばないのでしょう」

セレナが寝台からゆっくりと起き上がりながらそう言った。

「こんな魔女がこの国にいるなんて、聞いたこともなかった……」

魔法使いの困惑した声に、エヴァリーナは苦笑するしかない。

魔女としてのエヴァリーナの実績は決して高くはない。それは彼女の特殊性もあるが、半分は同業者からの妨害であることはエヴァリーナにも分かっていた。

エヴァリーナの評判になりそうな噂は、ことごとく他の魔女たちが握りつぶしているからだ。

「王妃陛下。この魔法は、毎月、継続して施《ほどこ》すことにより、疲れた子宮を癒《いや》し正常な状態に戻していくものです。すぐに効果が表れるものではありませんが、子のできやすさは格段に上がると思われます」

「ありがとう、エヴァリーナ」

小さく笑ったセレナの顔は、いつもの王妃然とした威厳のあるものではなく、優しい、女性らしい笑顔だった。エヴァリーナも微笑みながら返礼をする。

できればこの国王夫妻に吉報が訪れるように強く願った。

セレナはもう他にすることがないと知ると、エヴァリーナたちにある提案をしてくる。

「思ったより早く終わってしまいましたね。せっかくです。お茶を一緒にどうですか？」

そう言われては受けないわけにはいかない。

セレナが着替えている間に、侍女たちが慣れた様子でお茶の支度を整えていく。緊張してセレナを待っていると、私サロンにセレナを訪ねて来客があった。

「ああ、ここにいたのか」

現れたのはデメトリオだった。

「デメトリオ、どうしたの？」

「王妃陛下にお貸ししていた本を引き取りに来たんだ」

（貸していた本……？）

そこに、着替えを終えたセレナがやって来た。

「あら、デメトリオ。ちょうどいいわ、あなたも一緒にお茶にしましょう」

デメトリオはセレナに騎士の礼をとった後、チラリとエヴァリーナたちの方を見た。

「分かりました」

「ふふ。いつもなら絶対断るのに、エヴァリーナの効果は絶大ね」

セレナがクスクス笑って揶揄《やゆ》すると、デメトリオの顔が嫌そうにしかめられる。

そのやり取りに、おや、と思った。二人の間に随分と親しげな雰囲気を感じたからだ。

兄嫁だからということもあるだろうが、なんとなくそれだけではないような気がする。

「今回の本も面白かったわ」

そう言って、セレナが本棚から取り出したのは、リオネロが読みたがっていた本だ。

同じことに気づいたリオネロの耳が、うるさいくらいピョコピョコ動く。

間違いなく、後で自分も借りられないかエヴァリーナに打診してくるだろう。この場で口に出さない良識があるのは良しとするが、正直すぎる耳の動きで台無しだ。

「リオネロも読みたいのか？」

気づいたデメトリオがそう尋ねる。すると、リオネロは耳をピンッと立てて「はいっ！」と返事をした。

「そうか、なら貸そう」

「うわあ――！　ありがとうございます！」

デメトリオから本を受け取り、リオネロはセレナの前だというのに満面の笑みでその本を抱きしめる。我が弟子《でし》ながらその喜びようは見ていて微笑ましくなった。

セレナもそう感じたらしく、リオネロに向かって言う。

「私の本も貸しましょうか？」

リオネロは「え」と声を上げてから、チラリとエヴァリーナの顔を窺《うかが》う。

そんな顔で見られては、エヴァリーナとてダメとは言えない。だからリオネロに代わってセレナに礼を述べた。

リオネロはパアッと更に嬉しそうに顔を綻《ほころ》ばせると、いそいそと本棚へ向かう。

その間にセレナがデメトリオと本のやり取りをしている理由を教えてくれた。

「デメトリオは、昔から本ばかり読んでいたのよ。新しい本にも目がなくて、たまに私が読みたい本を貸してくれるのです」

セレナが微笑みながらデメトリオに視線を向ける。デメトリオは居心地が悪そうにティーカップに口をつけた。

やはり、二人の間に流れる空気が気安く感じられたのは気のせいではないだろう。

気にはなるものの、それを指摘することもできず、エヴァリーナは微笑みを浮かべてセレナの話に相槌《あいづち》を打つ。

話を聞くうちに、この本棚の本は全てセレナのもので、デメトリオは彼女の本読み仲間ということが分かった。

「リオネロのお薦めの本も教えてくださいね」

本棚からかなりの本を抜き出していたリオネロは、頬を紅潮させてうなずく。

「はい、喜んで！」

そうして和やかな時間を過ごしたエヴァリーナたちは、セレナの私サロンを辞した。

「すまない。本の話ばかりしてしまって……つまらなくなかったか？」

申し訳なさそうなデメトリオに、エヴァリーナは柔らかく微笑んだ。

確かに自分に本は読めないが、楽しそうに話す人たちを見ることは嫌いではない。

ただ、なんとなく……そう、なんとなく疲れたのだ。

「王妃陛下は、ご結婚前は図書室の書官だったんだ。そこで兄上に見初《みそ》められて王妃になった」

「へぇ……」

初めて聞く国王夫婦の馴《な》れ初《そ》めに驚く。同時にセレナと親しくなったのは、どちらが先だったのか――と余計なことを考えてしまう。

「今は王妃陛下となられたが、気さくな方だ」

笑顔で兄嫁を評するデメトリオを、ぼんやり見上げる。

なんだろう……

先程から、上手《うま》く表現できないモヤモヤとした感情が胸に渦巻《うずま》いている。

「どうした？」

「え、何？」

「上《うわ》の空だ。昨日、きつくしすぎたか？」

暗に閨《ねや》でのことを言われ、エヴァリーナの顔がカアッと紅潮する。そんなエヴァリーナを見て、デメトリオがクスリと笑った。

「ああ、顔色が良くなったな」

「からかわないでくれる？」

ジロリと睨《にら》んでも、彼の赤紫色の瞳は楽しげなままだ。

「なるほど」

「はい？」

「好きな女をからかいたくなる男の気持ちというのが理解できなかったが、そんな目で見られるなら分からなくもないな」

「はあっ？」

言ってから、慌てて周囲を見回した。本を両手にほくほくしているリオネロは、こちらを見ていない。だが、その長い耳がピクピク動いている。絶対、聞いていたに違いない。

エヴァリーナはデメトリオから視線を逸《そ》らし、なんとかこの場をやり過ごそうとする。

「睨《にら》まれて喜ぶなんて、被虐趣味なの？」

「睨《にら》む？　恥ずかしくて照れているだけだろう？」

「なっ――」

否定しようとしたが、それよりも早くデメトリオの手がエヴァリーナの目を覆《おお》った。

「ちょっ！　何？」

手をどかそうともがけば、デメトリオがエヴァリーナの耳元で囁《ささや》く。

「あまり可愛く煽《あお》らないでくれ」

(な、何言ってるの!?)

咄嗟《とっさ》に反論しようとしたら、その前にデメトリオの手が離れ、愛しそうに見つめられた。

「今晩も部屋に行ってもいいか？」

「……」

口をつぐむエヴァリーナに、デメトリオがもう一度尋ねる。

「いいか？　リーナ」

ここぞとばかりに愛称で呼ばれ、ぐっと声を詰まらせた。結局、下を向いて、聞き取れるかどうかの小さな声で言う。

「リオの好きにすればいいわ……」

デメトリオではなく、あえてリオと呼んだ。そこにはもしかしたら、デメトリオと呼んでいたセレナに対する対抗意識があったのかもしれない。

デメトリオは嬉しそうに、ちゅっと軽くエヴァリーナの額《ひたい》にキスを落とした。

「ならば、急いで仕事を片づけてくる」

そう言って、いそいそと騎士団のある官舎の方へと戻って行った。

「何が言いたいのよ」

無言で耳だけをピクピク動かしていた弟子《でし》を睨《にら》む。

「いや、エヴァリーナ様も普通の女の子だったんだなあ……と」

「どういう意味よ！」

「だって、王妃陛下に嫉妬したんでしょ？」

「え」

リオネロの指摘に、一瞬、エヴァリーナの理解が遅れた。だがすぐに、先程感じていたモヤモヤした気持ちに思い至る。

(私、セレナ王妃に嫉妬したの――？)

エヴァリーナは恥ずかしさに顔を真っ赤に染めた。

「うわあ。エヴァリーナ様、顔が真っ赤！」

「燃やすぞ、その本」

「ひぇぇぇ！　そんな理不尽な！」

小走りで逃げて行くリオネロを見送りながら、エヴァリーナは火照《ほて》った頬をパタパタと手で扇《あお》ぐ。リオネロが気づいたのだ。先程デメトリオがエヴァリーナをからかったのも、もしかしたら、嫉妬していると気づいたからかもしれない。

（……私、いつの間に、こんなにデメトリオのこと好きになってたんだろう……）

赤くなった頬の熱を冷ますのに、いつも以上に時間がかかった。

※　※　※

その晩。宣言通り、デメトリオがエヴァリーナの寝室を訪れた。

「毎日来なくてもいいのに」

呆れるように言ったエヴァリーナに、本を手にしたデメトリオはやんわりと微笑むだけだ。

「まだ、本を最後まで読んでいないからな」

本と聞いて、思わずソワソワしてしまう。昨日は眠くなってしまい、話がいいところで終わっていたからだ。

デメトリオがそんなエヴァリーナを見て目を細める。その視線はデメトリオの愛情を率直にエヴァリーナに伝えてきた。

こそばゆくて、思わずふい、と目を逸《そ》らす。すると、デメトリオが不思議そうに問いかけてきた。

「どうした？」

デメトリオがエヴァリーナの髪に触れ、優しく頭を撫でる。

エヴァリーナの髪は、真っ黒で量が多く、緩《ゆる》やかなウェーヴがかかっている。

(そういえば、セレナ王妃の髪は真っ直ぐだったなあ……)

手入れの行き届いた、するりと艶《つや》やかな見事な赤毛だったことを思い出した。

指通りのあまり良くない自分の髪をデメトリオに触られるのが恥ずかしくて、少しだけエヴァリーナは距離を空《あ》ける。

「リーナ？」

首を傾《かし》げるデメトリオに、ごまかすように背を向けた。

「ど、どうせ、一緒に寝るんでしょ？　早く昨日の続きを読んでよ！」

そう言って、寝台を整えに行き、パンパンとふわふわの布団を叩く。たちまち、デメトリオは「ああ」と嬉しそうに笑った。

それから二人で寝台に入り、枕を背にして座る。本を開き、デメトリオが低く優しい声で内容を読み上げていった。

「――『おお、姫よ。あなたは私にとっては魔女ではなく姫なのです。どうかあなたのその中指に誓いのキスをしてもよいですか？』、そう王子は魔女に言いました」

ようやく物語はクライマックスだ。散々すれ違ってきた二人だが、王子がついに自分の気持ちを魔女に打ち明けるのだ。本には、恥じらいながらも魔女が王子に手を差し出す挿絵が一面に広がっていた。

「『あなたを愛しています』、リーナ……」

あれ？　と思った時には、すぐ目の前にデメトリオの顔があった。エヴァリーナが咄嗟《とっさ》にギュッと目を閉じると、唇にそっと優しいキスが訪れる。

途端に、胸がきゅうっと痛くなった。

もう、何度もキスをしたし、それ以上のことだってしているというのに。なぜか今日は、触れるだけの優しいキスに、胸が苦しい程きゅうきゅうと締めつけられる。

パタンと本を閉じる音が聞こえたが、エヴァリーナは目を開けられなかった。

唇を重《かさ》ねたまま、ゆっくりと寝台に倒される。

「リーナ、愛している……」

もう一度、耳元に息を吹き込むように言われて、エヴァリーナはゾクリと身を震わせた。おずおずと目を開くと、思ったより近くで視線が合う——もとは青かった瞳は、今は深い赤紫色に変わっている。

その目を見た瞬間、唐突に胸に湧き上がってくる想い——

(ああ……私、この人のことが本当に好きなんだわ)

惹かれていることは自覚していた。だけど、こんなに胸が苦しくなるくらい好きになっていたことに、今、初めて気がついた。

デメトリオの全てが好きだ。真っ直ぐな性格も、ひたむきなまでの誠実さも。そしてありのままのエヴァリーナを受け入れ、できない部分を補おうとしてくれる優しさも。

ぜんぶ、全部、大好きだ。

「どうした？」

デメトリオが不思議そうにエヴァリーナの瞳を覗《のぞ》き込んでくる。彼の赤紫の瞳に映る自分を見ながら静かに口を開いた。

「私、こんなに本が面白いものだって知らなかったの」

誰かの作った物語で、胸が締めつけられたり、ドキドキしたりするなんて知らなかった。

「私、文字を読めなければ、一生本は読めないんだと思っていた……」

どんなに読もうと思っても本を読むことはできない。どんなに願っても文字を理解することはできない。

文字が読めないことを馬鹿にされる日々は、エヴァリーナを弱くさせた。他者と関わることを厭《いと》う程、彼女の心を深く傷つけていた。だけど――

「私でも誰かがいれば本の内容を知ることができるのね……」

それは当たり前といえば当たり前のことだった。だが、エヴァリーナにとっては奇跡ともいえることだった。

「一人ではできないことも、あなたが一緒だとできるのね」

自分を見下ろすデメトリオの頬に、エヴァリーナはそっと手を添える。

何度もそうして触れてきたけれど、今が一番、その頬を温かく感じた。

「リオ、好きよ……」

掠《かす》れた声で、初めて想いを告げる。その告白に、デメトリオの目が大きく見開かれた。

次の瞬間、苦しくなる程強く抱きしめられる。

そして、耳元に熱い吐息と共に溢《あふ》れんばかりの愛を告げられた。

それはデメトリオらしい、ひたむきな想いの発露《はつろ》だった。

「リーナ好きだ。好きだ。俺のリーナ。リーナ、俺を生き返らせてくれてありがとう。俺が成してきたことを認めてくれてありがとう。好きだ。すごく、好きだ。愛している」

その一つ一つの言葉から、彼がどれだけエヴァリーナを愛し、求めているのかが伝わってきた。

初めて触れた時、デメトリオの唇は、とても冷たかった。

けれど今、その唇はとても熱い。生きている人間の熱さでエヴァリーナの唇に触れてくる。

チュッと軽くキスをした後、パクリと上唇を食《は》まれる。薄く開いた唇から差し入れられた舌先が、エヴァリーナの歯列をねっとりとなぞった。

それだけで鼻から抜けるような甘い声が漏《も》れる。

「ふ……んっ……」

「鼻で息をして」

キスの合間にデメトリオが囁《ささや》く。言われたとおりにしようとするが、舌同士の絡《から》まる動きに、どうしても意識がそちらにいってしまう。

あまりにも息苦しく、そして痺《しび》れるような感覚に、耐え切れずにデメトリオの胸を叩いた。すると、ようやくデメトリオは舌を引き抜いて、息も絶え絶えなエヴァリーナを宥《なだ》めるように、彼女の首筋に舌を這《は》わせた。ゆっくりと寝間着を脱がされていく。

露《あら》わになっていく肩に、鎖骨に、胸の先にまで、デメトリオの舌が這《は》う。その度に、エヴァリーナの身体がビクビクと跳ねた。

「何……なんか……変？　熱い……？」

自分の身体のことなのに、いつも以上に呼吸が速くなっている気がした。身体もいつもより熱くて、触れられるところ全部が酷《ひど》く敏感になっている気がする。

「リ、リオ……？」

チラリと顔を上げたデメトリオは、エヴァリーナと目を合わせて嬉しそうに微笑んだ。

「んあっ！」

次の瞬間、強めに胸の先端をつままれ、痛みだけではない声が上がった。

デメトリオの片手が、エヴァリーナの柔らかく張りのある乳房に触れてくる。最初は優しく、次第に強く、胸に指を埋《うず》めて幾度となく捏《こ》ねる様《さま》は、まるでデメトリオの熱を直接エヴァリーナに伝えるかのようだ。

もう片方の胸は舌で舐《な》められ、くすぐったさに身をよじる。すると乳首を甘噛みされて、ビクリと腰が跳ねた。

「や？　あ？　待って……！　あぁっ！」

（なんでこんなに感じるの？）

触れられるところ全てが熱い。

足の間に身体を入れられて、両足を大きく開かれる。

下着もいつの間にか脱がされていて、茂みの奥に彼の指が這《は》う。そこは既に、ぬるりと蜜を零《こぼ》し始めていた。

デメトリオがふっと小さく笑った。嬉しそうにその目が細められ、ぞくぞくするような甘い声で囁《ささや》かれる。

「いつもより感じている……」

自分でもどうしてこんなに感じるのか分からない。ただ、ただ、デメトリオに触れられるところ全てが気持ち良く、そして、嬉しかった。

「んっ……」

またキス。デメトリオは、エヴァリーナの両手を器用に片手で頭の上に縫いつける。

身動きもままならない状態で、身体の中を探る指が増えるのを感じた。

「んんっ……んっ」

デメトリオの器用な指は、内側を擦《こす》ったり、バラバラに動いたりして、エヴァリーナの良いところを探る。と、ある一か所を擦《こす》られた時――

「――んんんっ！」

強烈な快感を味わった。

腰が跳ねた。

だが、身体はデメトリオに押さえつけられて、逃げ場がない。しかも、その強烈な快感の場所を察したデメトリオが、意地悪くそこばかりを狙って指を動かし始めて、エヴァリーナは快楽の渦《うず》に呑まれた。

蜜がどっと溢《あふ》れる。

「んあぁっ！」

無意識に大きな声が出てしまう。止めようとしたが、止められない。

何度も身体を重《かさ》ねていたはずなのに、こんなにひっきりなしに身体の奥から熱くなる感覚は初めてだった。

デメトリオは中を刺激しながら、身体中にキスと愛撫を繰り返す。

「リーナ、愛している」

耳元で囁《ささや》かれるたびに、身体が震えた。

彼の声は、どうしてこんなにも熱く耳に残るのだろうか。

「リオ……リオ……」

段々と虚《うつ》ろになっていく意識の中で、ただ、ひたすらエヴァリーナはデメトリオの愛称を呼ぶ。

すると、デメトリオがリーナと呼びながら、エヴァリーナの唇を己《おのれ》のそれで食《は》む。唇同士の柔らかな感触は、身体を翻弄《ほんろう》する快楽の荒々しさとは真逆の、真綿のような柔らかな接触で、それが逆に心地いい。

だがそれだけでは足りない。

もっと深い交わりが欲しくて、口を開いて舌を招き入れた。唾液同士が交わるのさえ甘く感じる程に、じんっと舌の根から痺《しび》れてくる。

「やっ、あっ？　ん！」

すっかりキスに夢中になってしまっていたが、快感はそれだけではないと、デメトリオの指が、エヴァリーナの蜜源で激しく動かされた。

バラバラと動かされていたそれらは束ねられ、まるで何かを模したかのような形と動きで、エヴァリーナの中を抜き差ししてくる。長く男らしい指が束になって動くだけで、十分な破壊力をもってエヴァリーナを翻弄《ほんろう》した。

「んっ……やぁ……だめっ……」

ビクビクと身を震わせながら、エヴァリーナは足を閉じたい衝動に駆られたが、デメトリオの指は許してくれない。

柔らかなキスをしてくれた唇は、ふくよかな胸を伝い、そのまま臍《へそ》、そして下腹部へと下りていく。

荒々しい音を立てて出入りする指の傍に顔が近づいて――

「リオっ……！　だめっ……！」

制止を試みたが、そんなの無理だった。

熱い舌先で敏感になった花芽をそっと舐《な》められて、エヴァリーナの足がピンッと伸びた。

ぶんぶんと首を横に振る。

「リオ……苦しいっ……苦しいよ……」

今にも昇りつめそうなのに、最後の刺激が足りない。指だけじゃ足りない。もっと熱い何かが欲しい。

もっと、もっとと、身体が彼を求め、心もそれに呼応する。

涙ぐんで息を乱しながらエヴァリーナが懇願した。妖艶《ようえん》な笑みを浮かべたデメトリオは、更に大きく彼女の足を開かせる。

そしてぬるぬるに蕩《とろ》けた蜜源の上に熱い息を吹きかけ、今度は花芯に強く吸いついた。

「きゃあ！」

強すぎる快楽に、腰を反らして簡単にイッてしまう。

無意識にぎゅっぎゅとデメトリオの指を締めつける。デメトリオは、嬉しそうに笑った。

「ねえ、リーナ。気持ちがいい？」

そんなこと聞かなくても、彼にはすっかり分かっているはずだ。

だってエヴァリーナの中には、ずっとデメトリオの指が入っているのだから。

「リーナ、ねぇ教えて」

意地の悪い質問に、エヴァリーナは息も絶え絶えになりながら答える。

「気持ちいいからっ……！」

「じゃあ、もっと気持ちよくなって」

「……っ！」

彼は、イッたばかりで敏感になっている花芯に舌を這《は》わせて、更にエヴァリーナを追い詰めていく。

「やあっ！　リオ……！　もうだめぇぇ！」

ぶんぶんと首を横に振るのに、彼は下半身に顔を埋《うず》め、エヴァリーナを攻め立てる。同時に指の挿入も速度を上げ、ずちゃずちゃといやらしい水音を立てた。

イッたばかりの身体は、再び追い詰められ、高みへと導かれる。あまりの快感に耐えられずエヴァリーナはあられもない嬌声《きょうせい》を上げた。

「あ、だめっ、おかしくなっちゃう！　だめっ！　だめぇっ！」

「おかしくなればいい！」

身を起こしたデメトリオが強引に指を引き抜くと、下穿きの前をくつろげ、激情をエヴァリーナの中に押し込んできた。エヴァリーナの中を更に蕩《とろ》けさせる存在が、彼女の中をぐぐっと押し広げていく。

「ああ……！」

それだけでエヴァリーナはもう一度、イッてしまった。

自分の内部が彼を迎え入れることを歓喜し、きつく締めつける。

「っ……」

デメトリオがため息のような微《かす》かな声を漏《も》らした。それでもエヴァリーナの奥へ奥へと入っていくことを止めない。

あまりの熱さに、繋《つな》がったところから溶けてしまうみたいに錯覚する。

「リオッ……！」

「リーナ、好きだ」

直後、彼の大きな手がエヴァリーナの腰をしっかり掴《つか》み、一気に最奥《さいおう》まで突き入れられた。

もう先はないと思っていたのに、イッた身体は更なる快感に突き上げられる。

「あぁっ！」

身体中に電撃を受けたような強い衝撃と甘い痺《しび》れが走り抜けた。

デメトリオはエヴァリーナを待つことなく、そのまま性急に腰を動かし始める。

「あ、あっ……」

押し入れられるたびに、声が出た。そして、それと同時に、強い快感がずっとエヴァリーナを支配している。

（もう、何も考えられない――！）

こんなこと初めてだった。こんなにも強く身体の中にいるデメトリオの熱や存在を感じたことはない。

「はぁ、すごい……リーナ……いつも以上に……中が……」

じわりとデメトリオの額《ひたい》に汗が滲《にじ》む。

「あっ……？　なんで……？」

「リーナ……だめだ、締めつけないでくれ」

「べ、別に……意図しているわけじゃないの……でもっ……」

はあはあ、と息が荒くなる。怖くなってデメトリオの背中に手を回してしがみつくと、繋《つな》がった場所が更にぐぐっと密着した。

「ああ……くそ！　もっと優しく抱きたいのに！」

デメトリオは切羽《せっぱ》詰まった様子でそうぼやくと、そのままエヴァリーナを抱き起こし、対面座位の形に持ち込む。小柄なエヴァリーナは簡単に彼の膝の上に座らされ、より深く貫かれた。

「んっ……んっんっ」

抜き差しは先程よりずっと減ってしまったが、密着度がいつも以上に強い。

両手だけでなく、両足もデメトリオに絡《から》ませ、エヴァリーナはしがみつく。腰を掴《つか》まれて上下に動かされている。奥での振動がすごい。痛みさえ感じそうな圧迫感だというのに、それが堪《たま》らなく気持ちいい。

「リーナ……！」

「リオ……！」

自然とまた唇が合わさる。唾液が溶け合い、舌が絡《から》まり合い、腰が揺れる。自《みず》らもはしたなく腰を上下に動かしていることにエヴァリーナは気がついていたが、止められなかった。

「んっ……はっ……」

キスの音。身体を揺さぶられる音。寝台の軋《きし》む音。

全てがいやらしくて、だけど、全てが気持ちいい。

デメトリオの胸に押しつぶされる自分の胸も、腰を持つ彼の手も、みんな熱い。

限界だと思っていた先に、更なる限界はあった。

（あ、イッちゃう――――！）

急激に身体の奥底に全てが凝縮されるような感覚に陥《おちい》る。

それがイッているのだと自分でも分からなかった。ただ、満たされた。

まばゆい光の中に落とされたかのように、突如、全てが満ちた。

「リーナッ……」

腹の奥底でデメトリオも爆《は》ぜたのが、はっきりと分かる。

その瞬間に、エヴァリーナはデメトリオにぎゅっとしがみついた。この人を手放すものかと、本能が彼女に訴えていた。

「リーナ、好きだ……」

胸が詰まるような囁《ささや》きに、エヴァリーナも返す。

「リオ、好き……」

意地も躊躇《ためら》いもなく、素直な気持ちが零《こぼ》れる。

エヴァリーナは、この上ない幸福感に満たされたのだった。

6　王子様、犯人は誰ですか？

「あ――、うしゃぎさ――――――ん！」

王城内に、びっくりする程大きな子供の声が響いた。

たちまち、リオネロの耳がピンッと伸びる。

エヴァリーナとリオネロは、その日も調査で城内をうろついていた。リオネロがもっともらしく「現場百回」と言うので、これから再び事件現場の中庭へ向かうところだった。

タタタタッと、その大声の主――シルヴィオが、大廊下のはるか先からこちら目がけて駆けてくる。

シルヴィオは、実に子供らしい子供だ。王族といえども、駆け寄ってくる表情は市井《しせい》の子供とほとんど変わらない、のびのびした笑顔だった。

シルヴィオの後ろにはパオラと侍女たちがついてきている。

「シルヴィ、そんなに急ぐと転びますよ」

「おんぶ――――！」

パオラの制止も聞かず、シルヴィオはキラキラとした笑顔でリオネロに飛びついた。

「えぇぇ……」

シルヴィオにせがまれ、リオネロの腰が引ける。

「シルヴィオ殿下を僕が背負うなんて、そんな畏《おそ》れ多く……！」

「気になさらないで。あなたさえ嫌でなければ、おぶってあげてくださらないかしら？」

追いついて来た王太子妃殿下にそう言われては、リオネロも拒否することはできない。彼はしぶしぶシルヴィオをおぶった。

「いけ――！」

嬉しそうにはしゃぐシルヴィオを見つめるパオラは、母親らしい穏やかな表情をしている。

「ごめんなさいね。これからどちらかへ行かれるご予定だったのでしょう？」

パオラが申し訳なさそうに尋ねてきたので、エヴァリーナは恐縮しながら答える。

「その……デメトリオ殿下が倒れていた中庭に……」

殺されていた、と言うのはさすがに憚《はばか》られるのでぼかして言うと、パオラの表情が曇った。

「どう、何か分かって？」

「いえ……それが……まったく」

「そう」

こうしてまた、事件現場に行ったところで何か新しく分かるとも思えなかった。

「早く見つけられるといいのですが……」

「そうね。こんな恐ろしいことが、二度と起こらないようにしたいわね」

パオラが深くうなずく。と、そこで何かを思い出したかのように口を開く。

「そういえば、セレナ様に、子供ができやすくなる魔法を施術なさっているとか？」

「え、あ、はい……」

魔法については吹聴《ふいちょう》しないように伝えていたはずだ。なぜパオラがそのことを知っているのだろうと驚く。

それが顔に出ていたのだろう。パオラは少し声を潜《ひそ》めて理由を教えてくれた。

「実はシルヴィオを陛下の養子にするという話が出ていたのよ。だから、改めて不妊治療を始めることについて、私たちに一言断りを入れてくださったの」

「ああ、そういうことでしたか……」

それは初耳だった。パオラは、はしゃぐ我が子を目を細めて見つめる。

「シルヴィオはセレナ様にとても懐《なつ》いているわ。だから、もしお二人にお子ができなかった時は、シルヴィオを養子に欲しいと言われていたの……」

「セレナ様に懐《なつ》いていらっしゃる？」

するとパオラがクスリと少女のように微笑む。

「あんなに小さくても男の子なのね。……綺麗な女の人が好きなのよ……そういうところ、ステラッリオ様にそっくり」

「えええ……？」

ステラッリオが女好きとは思えなかったので目を見張ると、パオラはなんとも言えない顔で微笑んだ。

「表に出ていないだけで、王族にも色々な噂話があるものなのよ」

「そ、そうなんですか」

「そうよ。それに、セレナ様にも……」

「王妃陛下にも……ですか？」

「セレナ様にお子様ができないのは、どなたか別の殿方を想っているからだって……」

（セレナ王妃に別の想い人が……）

とても信じられない。

「ただの噂よ。それに、陛下と仲睦《なかむつ》まじいご様子を見ていれば、誰も信じないわ。けれど、そうした噂は、出てきてしまうものなのよ」

パオラは、ふっと苦笑いした。

「あの、デメトリオ殿下にも、そうした噂はあるのですか？」

恐る恐る尋ねると、パオラは目を細めて首を小さく傾《かし》げた。

「私は知らないけど、あるかもしれないわね……」

その曖昧な言葉が、なぜかいつまでもエヴァリーナの耳に残った。


パオラと別れ、一通り中庭を調べたエヴァリーナたちは、なんの成果もないまま塔へ戻る。

リオネロは散々シルヴィオをおんぶして疲れたのか、戻って早々テーブルに突っ伏してしまった。

次の瞬間、彼の手がテーブルに置きっぱなしのカップを倒す。

中に入っていたお茶がテーブルの上に広がっていった。

「ギャ――ッ！　セレナ王妃陛下にお借りした本が――！」

真っ青になってリオネロが本を持ち上げるが、時既に遅し。端がびっしょり濡れてしまっていた。

「なんでこんなところに置きっぱなしにしておくのよ」

「いや、戻ったら読もうと思ってて……というか、飲み残しのカップをテーブルに置きっぱなしにしていたエヴァリーナ様も悪いんじゃないですか！」

言いがかりも甚《はなは》だしいが、置きっぱなしにしたのは確かだ。

「悪かったわよ。ホラ、貸しなさい」

シミが残ったら大変だ。エヴァリーナはリオネロから本を受け取ると、濡れたところに手を当てて、魔法を唱える。

「ひとつふたつみっつよつ、『気化』」

本の上に青白く発光する小さな魔法陣が現れ、すぐに消えた。

幸いにも濡れたのは少しだったので、魔法で水分を飛ばすと元通り綺麗になった。

「今、この瞬間、エヴァリーナ様が魔女で良かったって心の底から思いました！」

「何を調子いいこと言ってんだか……」

耳を垂れさせながらもホッとした顔の弟子《でし》に呆れ顔のエヴァリーナだったが、本をリオネロに返そうとして、ふと魔法の気配を感じた。

（ん？）

魔法の気配は本からした。

無言で本の裏表紙を開くと、ゆっくりとそこをなぞり、呪文を唱える。

「ひとつふたつみっつよつ、『液化』」

「エヴァリーナ様？」

裏表紙にうっすらと残る魔法の痕跡。まるで何かを隠しているような気配が気になり、裏表紙に魔法をかける。すると、表紙の内側に文字が浮かび上がってきた。

リオネロが驚いて目を見開く。

「リオネロ、読んで」

エヴァリーナがリオネロに言った。しかし、なぜか彼は躊躇《ためら》う素振りを見せる。

その顔には困惑と、驚愕《きょうがく》の色が表れていた。つまり、それだけの内容が書かれていたということだろう。

セレナの私物に、一体どうして、どんな魔法がかけられていたのか。

(なんだろう、何か嫌な予感がする――)

チリチリと胸の隅が焼けるような感じがする。こういうのは決して良い感覚ではない。

「リオネロ、読みなさい」

今度は強く命令する。弟子《でし》は渋々口を開き、文字を読み始めた。

彼にしては弱々しい声で――

「『親愛なるセレナへ　あなたを永久《とわ》に愛しています――』」

それは明らかにセレナに向けられた恋文と分かる内容だった。

(だけど、それだけじゃないのよね?)

リオネロはまだ文字を読み切っていないはずだ。そうでなければ、あれ程驚く理由がない。

「リオネロ」

続きを促《うなが》すと、リオネロは覚悟を決めたように重い口を開いた。

「『——あなたのリオより』」

「……っ!」

告げられた言葉に、エヴァリーナは言葉を失う。

(リオ……)

〝リオ〟はデメトリオの愛称だ。しかも特別な相手に呼ばせる方の。

その意味を理解して、エヴァリーナの身体が強張《こわば》った。

同時に、パオラの言っていた噂話が脳裏を掠《かす》める。

『セレナ様にお子様ができないのは、どなたか別の殿方を想っているからだって……』

表に出ないだけで、王族にまつわる噂は色々あるとパオラに聞いたばかりだ。

ダメだと思うのに、悪い想像が脳裏に浮かんでは消えていく。

今でも頻繁《ひんぱん》に本の貸し借りをしているセレナとデメトリオ……

噂はただの噂でしかなかったのか、それとも——

エヴァリーナの眉間にグッと深い皺《しわ》が寄った。

「エ、エヴァリーナ様！　こ、これは何かの間違いですよ……！」

「厳重に魔法で隠されたメッセージ。誰にも見られたくないものだったとすぐに分かるわ。そして、この本はセレナ王妃陛下のもの……」

「いや、だからって……」

リオネロがだらだらと冷や汗をかく。その一方で、エヴァリーナの心は恐ろしく冷えていった。

「エヴァリーナ様、どうか冷静に……」

「私は冷静よ。冷静に、これからのことを考えているわ……」

「ぜ、全然、冷静じゃない……！」

リオネロがエヴァリーナの傍で落ち着きなく視線を動かしている時だった。

トントンと扉がノックされる。

「エヴァリーナ様、陛下がお呼びでございます」

扉の向こうから、この塔を見守る騎士の声が聞こえ、エヴァリーナとリオネロは本を持ったまま顔を見合わせた。

※　※　※

エヴァリーナは魔女の正装に着替え、一人謁見《えっけん》の間へと向かう。リオネロは連れてこないよう指示されたからだ。

謁見《えっけん》の間には、アドルフォ一人だった。

エヴァリーナに付いて来た騎士やアドルフォの護衛もいない、本当に二人きりの対面にエヴァリーナは強い違和感を覚える。

「急に呼び立ててすまなかったな、エヴァリーナ」

「とんでもないことでございます、陛下」

エヴァリーナが深く頭《こうべ》を垂れると、アドルフォは「堅苦しい礼はいらない」と言ってから、すぐさま本題に入った。

「王城で再び夜会を開くことにした」

「……それは？」

「そなたたちの婚約披露だ」

思わず眉をひそめたエヴァリーナに、アドルフォがクククと笑う。

「そなたたちが仲睦《なかむつ》まじい様子であることは報告が来ている。デメトリオに心から愛せる相手ができたことは、余も嬉しく思う」

連日、デメトリオがエヴァリーナのいる塔に通っていることを指しているのだろうが、それにしても話が急だ。

「デメトリオは一刻も早くそなたと結婚したいようだぞ。愛されているな、エヴァリーナ」

それはいつものからかうような口調ではあったが、アドルフォの瞳はちっとも笑っていなかった。

そのことに、じわじわと緊張感が高まる。

「畏《おそ》れながら、私はまだデメトリオ殿下を殺害した犯人を見つけておりません」

エヴァリーナがそう言うと、「ほぉ？」とアドルフォが声を上げた。

「そなたの願いは、今も変わらぬか？」

その声にまた強烈な違和感を覚える。

何かがおかしい。だが、その何かが分からない。違和感を抱いたままアドルフォを見ると、アドルフォは小さく笑った。

(何が可笑《おか》しいのだろう)

そこで思考が完全にストップした。

そもそも王城内で起きた殺人にもかかわらず、どうしてこうも犯人が見つからないのか。

どうして国王は、エヴァリーナのような部外者に犯人捜しを任せたのか。

どうして今、再び夜会を開くことにしたのか。

どうして、どうして、と、沢山の疑問が、溢《あふ》れてくる。

「国王陛下――失礼を承知で質問させてください」

震える声でエヴァリーナはアドルフォに問いかける。

「よかろう」

「陛下は、デメトリオ殿下を殺した犯人をご存じなのですか？」

単刀直入な問いかけに対して、アドルフォの答えは明解だった。

「知らぬ。だが、あの夜、デメトリオを殺せる人間は限られている」

「それは――」

「あの中庭に入れるのは王族のみだ。しかも、デメトリオが背を向ける程油断する相手となれば、私か、セレナか、ステラッリオかパオラ。その四人のうちの誰かしかおらぬ。デメトリオもそれが分かっているから、積極的に犯人を捜そうとしないのだろう」

アドルフォか、セレナか、ステラッリオか、パオラ。

そう言いつつも、おそらくアドルフォは犯人に目星をつけているのかもしれない。

「――もし、デメトリオが生き返らなかったら、私はあれの死を病死とし、事件自体をなかったことにしただろう」

ポツリと呟《つぶや》かれたアドルフォの言葉に、エヴァリーナは大きく目を見開いた。

「十年だ――私が王位に就き、ここまで国を安定させるのに十年かかった。それが長いとは思わぬ。だが、気を抜いた矢先にこのザマだ。今、王家に〝何か〟があっては困るのだ」

「……」

王族による王族殺し。

その影響をアドルフォは恐れている。

それが分かっているからこそ、国王であるアドルフォは動かなかった――いや、動けなかったのだろう。

ここにきて、アドルフォが二人きりでの面会を求めてきた理由をエヴァリーナは悟った。

「陛下は……私に何を求めているのですか……」

デメトリオを生き返らせた――それだけでは駄目なのだ。

犯人を見つける――それだけでも駄目なのだ。

アドルフォはそれ以上のことを、エヴァリーナに求めている。

エヴァリーナは思わずぐっと拳《こぶし》を強く握りしめた。アドルフォはそんなエヴァリーナを観察するように眺めてから、口を開く。

「博識の魔女・エヴァリーナ。そなたがデメトリオを生き返らせてくれた時、私は奇跡というものの存在を実感した。……これは、私の願いであり、望みでもある。エヴァリーナ、どうか、どうかもう一度、私たちに奇跡を見せてはくれぬか」

真摯《しんし》に自分へ懇願してくる国王の顔は、エヴァリーナが誰より愛する男のそれと、とてもよく似ていた――

※　※　※

その晩もデメトリオは律儀にエヴァリーナの部屋を訪れた。

「リーナ、ただいま」

デメトリオが愛しげにエヴァリーナを見下ろし、その唇にキスを落とそうとした。だが、エヴァリーナは顔を背けてキスを避ける。

「リーナ？」

「国王陛下から、婚約披露の夜会を開くって聞いた。私はまだ、あなたを殺した犯人を捜しているのに――」

デメトリオはハッと顔色を変えると、その場で片膝をついた。そして、エヴァリーナの手を取り、そこへ自身の頭をつける。

「すまない、勝手をした。私に犯人捜しをしてもらいたくないから？」

「どうして？　私に犯人捜しをしてもらいたくないから？」

エヴァリーナの問いかけに、一瞬、ピクリとデメトリオの頭が震えた。

「その気持ちがない、とは言わない。だが私は、こうして日々身体を重《かさ》ねている以上、二人の関係をきちんとしたいと思っているからだ」

犯人を捜してもらいたくないと肯定してしまうところがデメトリオらしいと思った。

エヴァリーナは一度小さくため息をつくと、優しい声色でデメトリオに問う。

「デメトリオ……誰が自分を殺したのか、もう分かっているの？」

エヴァリーナの問いかけにデメトリオは静かに首を横に振った。

「分からない。どうやって殺されたのかも覚えていない。だが、私があそこで背後を取られるということは、それだけ相手に気を許していたということだ……」

デメトリオはアドルフォと同じようなことを言った。

つまり彼の中でも、おおよその犯人の目星がついているのだろう。

アドルフォか、セレナか、ステラッリオか、パオラ。

犯人が誰であっても、辛い。

だからこそ、積極的に犯人を見つけたくないデメトリオの気持ちは痛い程分かる。家族を疑いたくないだろうし、家族に殺される程憎まれていたとも思いたくない。

きっと、エヴァリーナに奇跡を願いながら、何も口にしなかったアドルフォも同じ気持ちだろう。

デメトリオが項垂《うなだ》れて俯《うつむ》くと、彼の致命傷となった傷が無防備に晒《さら》された。

デメトリオの旋毛《つむじ》を見下ろしながら、エヴァリーナはふと、あることに気づく。

こうしてデメトリオが屈《かが》んで頭を下げた状態ならば、女であっても、彼の首に短剣を刺すことは可能だ——と。

もし、デメトリオが、事件の日、こうして犯人に頭《こうべ》を垂れたとしたら……。そして、彼がそうした態度を取る相手がいるとしたら——

『親愛なるセレナへ　あなたを永久《とわ》に愛しています——あなたのリオより』

脳裏をよぎるのは、セレナから借りた本に秘すように刻まれていた言葉。

(もし、デメトリオが、かつてセレナ王妃とつき合っていたとしたら……)

何がしかの理由があって、セレナがデメトリオを殺したという可能性もあり得る。

もしくは、二人の関係を知ったアドルフォが、セレナを溺愛するあまり、デメトリオを殺した可能性も。

あれ程、仲がいい兄弟なのに——

あれ程、仲がいい夫婦なのに——

「エヴァリーナ？」

顔を上げたデメトリオの赤紫色の瞳が、自分を見つめている。その目は雄弁に彼の気持ちを語っていた。

これ程……

これ程、自分を好きだと言ってくれているのに――

（私は――どうしたらいいんだろう……）

エヴァリーナは、デメトリオに握られていない方の手を額《ひたい》に当て、目を閉じた。

このまま犯人を見つけるべきなのか。

それとも事件をなかったことにして、最愛の男を一生守っていくのか。

だが、あの本に書かれていた言葉が本当だとしたら、どちらを選んだところで、なんと滑稽《こっけい》なのだろう。それでも、この男を好きになってしまったのだ。

エヴァリーナは額《ひたい》に当てていた手を下ろして彼を見つめる。真っ直ぐに自分を見上げてくるこの男に、偽りは見いだせない。

（犯人を明らかにしたくないというのなら、このまま、なかったことに――）

「リーナ、どうした？」

心配そうに自分を見上げるデメトリオの声に、ハッと我に返った。そして、苦い笑みを浮かべる。

（なかったことになんて、できないのにね）

エヴァリーナは身を屈《かが》め、デメトリオと額《ひたい》を合わせた。

すぐ間近から、かつては青かった彼の赤紫色の瞳を見つめる。

そう、全てが以前と同じではない。

誰かが一度、デメトリオを殺しているのだ。

「たとえ犯人を捜すのを止めたって、その人はあなたを殺したことを覚えているわ。もし、また命を狙われたらどうするの？」

エヴァリーナの言葉に、デメトリオが痛みを堪《こら》えるように眉を寄せる。

幸いにも、生き返ったデメトリオが再び狙われるようなことは起きていない。しかし、これからも起きない保証などどこにもないのだ。

デメトリオが一度殺されたという事実は、なかったことにはできない。

「もう決して油断はしない……大丈夫だ」

「そうして、一生、気を許さないで生きていくの？　あなたが大切に思っている人たちに対して――？」

デメトリオの表情が更に険しいものになった。

それはそうだろう。エヴァリーナでさえ彼らを疑うことをしんどく感じているのに、身内であるデメトリオはなおさらだろう。

エヴァリーナは黙りこくってしまったデメトリオの髪を優しく撫でると、その赤紫の瞳としっかりと目を合わせて宣言する。

「私、必ず犯人を見つけるわ」

でも、それは犯人を断罪するためではない。

膠着《こうちゃく》したまま一歩も前に進み出せなくなっている未来を、新しく切り開くために。

（自分に何ができるか分からないけど、私にできることをしよう）

デメトリオを生き返らせた、それ以上の奇跡を、起こしてみせよう。

エヴァリーナは、自分が魔女であって良かったと、この時、初めて思った――

※　※　※

デメトリオとの婚約披露の夜会の日は、すぐに訪れた。

「この度、我が弟デメトリオと、博識の魔女・エヴァリーナの婚約が決まった。末永く幾久しく、二人が暮らしていけるよう、皆の祝杯を――乾杯」

高らかにアドルフォがそう言って、夜会の幕は開かれた。

（これが貴族の宴会ですか……）

大広間に集められた沢山の人々。あちこちに美味《おい》しそうな食べ物や飲み物が並んでいるが、立食形式なのでちっとも食べられない。それ以前に、ひっきりなしに訪れる貴族への挨拶《あいさつ》にひたすらつき合わされ、始まって早々にエヴァリーナはぐったりしてしまった。

がっちりと腰を抱いているデメトリオの隣で、慣れない愛想笑いを浮かべる。

今日のエヴァリーナの装いが魔女の正装ではなく、デメトリオの婚約者としての装いだったことも、疲れる一因になっていた。

薄桃色の生地《きじ》の上に白いレースが重《かさ》ねられたドレスは、とても愛くるしく甘い。豊かな黒髪は綺麗に結《ゆ》い上げられ、白い項《うなじ》が露《あら》わになっている。ドレスに合わせて施《ほどこ》された化粧も、綺麗というよりは可愛らしい印象だ。それらは全てデメトリオの意向であった。

「あなたが偉大な博識の魔女・エヴァリーナなんですね」

「若草色の瞳と、薄桃色のドレスとは、魔女ではなく春の妖精ですかね？」

口々に賛辞を述べられて、顔が引きつりまくった。リオネロが傍にいたらゲラゲラ笑い転げていたかもしれない。だが幸いにも、彼は塔で留守番をしている。

(どうしてデメトリオはこうもこの色が好きなのか……！)

「エヴァリーナ、よく似合っている」

エスコートしているデメトリオは始終上機嫌で、公《おおやけ》の場でエヴァリーナの額《ひたい》にキスまでしてくる。

愚直な騎士の溺愛ぶりに、周囲の視線はどこまでも生温《なまぬる》い。

「もう少し、反対や反発があるかと思ってたんだけど……」

エヴァリーナがそうぼやくと、デメトリオが鼻で笑う。

「王が認め、私がこれ程溺愛する魔女を、面と向かって非難するような輩《やから》などいないよ。そのような統治を兄は行《おこな》ってないからな」

「さようでございますか……」

渇いた喉を潤《うるお》そうとワインを飲むと、王太子夫妻がニコニコしながらこちらにやって来た。

「やあ、デメトリオ。婚約おめでとう」

「兄上、ありがとうございます」

「お前が結婚を決めてくれて嬉しいよ。これで陛下の治世はますます盤石《ばんじゃく》になる」

「そうですね」

ステラッリオの機嫌も良さそうだ。そんなに弟の結婚が嬉しいのかと思っていたら、そういうことだけでもないらしい。

「これで陛下のところに跡継ぎができれば、シルヴィオの件もなかったことになるのだが……」

「兄上……」

「ああすまない。つい浮かれてな」

口を滑らせたその言葉は、聞き捨てならない内容を含んでいた。シルヴィオの件というのは、養子の件だろう。だが、今の口ぶりだとステラッリオはそれを望んでいないと受けとれる。

「シルヴィオは僕とパオラの愛の結晶だからね」

パチリと片目を瞑《つぶ》って、茶目っ気たっぷりにステラッリオがそう言った。その横で腰に手を回されていたパオラがやんわりと微笑む。この夫婦は本当に仲がいい。

「まあ、どうしようもない時はそれも受け入れるしかないけれど、シルヴィオはまだ三つにもなってない。そんな可愛い盛りの息子まで兄上に取られるのはなぁ」

「取られるとは人聞きの悪い」

ステラッリオの背後から話に入ってきたのは、長兄のアドルフォだ。その隣にはセレナもいる。

図らずも、渦中の人間がこの場に全て揃ったことになった。

(この中に犯人が——)

エヴァリーナは思わずゴクリと生唾を呑み込む。

どの顔も皆、今日という日を楽しんでいるのがよく分かる笑顔だ。本当にこの中に犯人がいるのかとつい疑問に思ってしまう。

「私がいつお前のものを取ったというのだ?」

アドルフォの軽口に、ステラッリオも笑いながら返す。

「兄上はいつもそうですよ。僕が気に入ってもすぐに取っていってしまう。木彫り兵士の玩具《おもちゃ》だって取っていったじゃないですか」

「お前、それはいつの話だ、いつの」

「ええと、あれは僕が確か八歳の誕生日を迎えてすぐの時かな」

「早く忘れろ。根深いな。それにあの兵士はデメトリオにお下がりでやったぞ」

「え、あの兵士の玩具《おもちゃ》、元はステラ兄上の物だったのですか?」

二十年近く経ってから知った事実にデメトリオは目を丸くして驚いているが、長男と次男はそんな末っ子を見て、笑うばかりだ。

「ディーはあの兵士が夜中に動くと言ったら泣いていたからな」

「そうそう。わざわざ僕から取ったものでディーを怖がらせるところが、兄上のいやらしいところだよねぇ」

「やめてください、アドル兄上。そんな子供の頃のことを」

兄にからかわれたデメトリオはばつが悪そうだ。互いを愛称で呼びながら談笑する三人の様子は、本当に仲睦《なかむつ》まじい。

本当にこの兄たちが、末っ子を殺すことなどあるのだろうか、疑問しか湧かない。

（でも、だからと言って――）

セレナとパオラの方に視線を向けると、二人とも嬉しそうにエヴァリーナに微笑んでくる。

「エヴァリーナ、そのドレス、とてもよく似合っています」

セレナの言葉に、パオラも同調する。

「そうですね。デメトリオ様の見立てなんでしょう？　あなたはそういう可愛らしい色がとても似合うのね」

自分より可愛らしいパオラにそんなことを言われると、本当にいたたまれない。

ましてこの二人がデメトリオを殺したなどということは、アドルフォたち以上にあり得ないのではないかと思える。

「本当、デメトリオ様のご寵愛《ちょうあい》を一身に受けていらして……」

うっとりとした顔でパオラがそう言うと、セレナも嬉しそうに同意した。

「そうね、あのデメトリオがこんなに女性に一途になるなんて思いもしなかったわ」

セレナの一言に、その言葉の裏を探ろうと思わず彼女をじっくりと見てしまう自分がいた。

まるでエヴァリーナが初めてデメトリオを夢中にさせたかのような物言いだが、そんなはずはない。なぜなら今、星見の塔にはセレナのあの本がある。

デメトリオが夢中になっていたのはセレナだったはずだ。

（デメトリオが好きだと誓ったのは、セレナ王妃ではないのか……）

そのような様子を一切見せないセレナの胸の内は一体どうなっているのだろう。これ程アドルフォと仲睦《なかむつ》まじくしている様子を見せているにもかかわらず、真実は違うのか。

（一体、誰がデメトリオを殺したというの？）

表面的には笑いながらも、ぐるぐると回る思考に、どうしようもなくなった時だった。

ぐっ、と腰を引き寄せられた。ハッと顔を上げてデメトリオを見ると、柔らかに微笑みかけられた。どうやら自分は思った以上に顔を強張《こわば》らせていたらしい。

デメトリオの無言の労《いたわ》りに、心が落ち着いていく。

（まずは第一にこの人を守り抜こう……）

たとえ過去に誰かを愛していたとしても、今のデメトリオを信じようと誓う。

引き寄せられた身体に身を寄せながら、デメトリオに微笑み返すと、それを見ていたアドルフォが口を開く。

「これはこれは、見ている方が当てられてしまうな。デメトリオ、早く式を挙げないと子の方が先にできてしまうんじゃないか？」

「ええっ!?」

アドルフォの軽口に、思わず素《す》っ頓狂《とんきょう》な声が出た。

（子供――!?）

「アドル兄上、軽口が過ぎます」

「いやいや、あながち軽口でもないだろう。婚約を急いだのだから、ディー自身にも自覚はあるんじゃないか？」

次兄が長兄のからかいに乗ってデメトリオを更に追撃すると、図星だったのか、デメトリオは恥ずかしそうにフイと顔を逸《そ》らした。

（そういう意味でも婚約を急いだの!?）

知らされていなかった真実に、エヴァリーナは言葉もない。順番を守りたい的な意味合いも含まれているとは思いもしなかったが、らしいといえばデメトリオらしい。

「あの……魔女でもお子はできますの？」

その時、パオラが驚いた顔でそんなことを聞いてきた。

「ええ……まあ、できにくいのですが、完全にできないというわけではないです……」

一般的にはできないと思われがちだが、魔女だとて子供がいる者もいるのだと告げると、パオラは両手を合わせて花が綻《ほころ》ぶように喜んだ。

「シルヴィオに従妹弟《いとこ》ができますね！」

なんとも気忙《きぜわ》しい話だが、こうも喜ばれると反論もしづらく、エヴァリーナは隣のデメトリオを見上げて助けを求めた。

「国王陛下、そろそろ談笑は終わりにして戻られた方がよろしいかと思われます」

「おお、そうであったな」

アドルフォが表情を改め、エヴァリーナたちに向き合ってくる。

「デメトリオ、エヴァリーナ、改めて婚約おめでとう」

その祝福の言葉に次いで、セレナも微笑みながらエヴァリーナに言う。

「エヴァリーナ、大変でしょうが、頑張ってくださいね」

「いつ結婚するのかと思っていたから、デメトリオが婚約して本当に嬉しいよ」

ステラッリオの心底嬉しそうな言葉の後に、パオラも嬉しそうに微笑んだ。

「仲睦《なかむつ》まじいお二方を見てると、本当に嬉しく思います。おめでとうございます」

祝福を向けてくる彼らの顔をそれぞれ見つめながら、エヴァリーナは「ありがとうございます」と頭を下げる。

彼らの言葉を信じたい。心からの祝福だと思いたい。

「では、我らはそろそろ戻るとするかな」

夜会の賑《にぎ》わいの中にまた戻っていく彼らの背中を見ながら、エヴァリーナは無意識に自分の首筋を撫でた。

しばしの歓談が続いた後、国王夫妻が夜会を退席する刻限になった。

「我々は一足先に戻る。皆の者はよい夜を」

「よい夜を！」

この後は好きに騒げ、という暗黙の許しである。

今日はデメトリオとエヴァリーナの婚約披露の夜会ではあるが、日々、国のために働く貴族たちを労《ねぎら》う意味もあるのだ。

近衛隊長であるデメトリオは、夜会の主賓《しゅひん》であっても、生真面目に部屋へ戻る国王夫妻の後に付き従って行く。

婚約者であるエヴァリーナもデメトリオの後に続き、広間を出た。

揃って中庭の横の廊下を通り、国王陛下たちの住まう棟の手前で、エヴァリーナは立ち止まる。

さすがに陛下たちの私室までついて行くのはおかしいからだ。

「すぐに戻ってくるが、一人にして平気か？」

デメトリオは警備のために部屋の前まで送り届ける必要があった。

いつもエヴァリーナに付いている騎士は、今日は夜会の警備に就いている。

心配するデメトリオを安心させるように、エヴァリーナは笑って言った。

「魔女だから、大丈夫。むしろ、デメトリオの方こそ、十分に気をつけて」

デメトリオは一瞬だけ眼差しを柔らかくしてから、「大丈夫だ」とエヴァリーナの頭を撫でた。

エヴァリーナはもう一度「気をつけて」と念押しし、デメトリオを見送る。

（必ず、犯人を見つける――か）

デメトリオにそう断言してはみたものの、エヴァリーナ自身も他の王族に関われば関わる程、その決意が揺らいでいくのを感じていた。

(疑いたくないなぁ……)

デメトリオやアドルフォが犯人を明らかにするのに二の足を踏むのがよく分かる。

(だけど、デメトリオを殺した事実は消えない――)

消せない事実をアドルフォは一体どうしたいのか。

国王は魔女に、どんな奇跡を望んでいるのか。

(私は何をすればいいの……?)

エヴァリーナが物思いに耽《ふけ》っていると、ふと、こちらに駆けてくる小さな足音が聞こえた。目をやると、青ざめたパオラがドレスの裾を翻《ひるがえ》して走ってくる。

「ああ、エヴァリーナ!」

パオラはエヴァリーナを見つけると、真っ青な顔でこちらに駆け寄ってきた。彼女はシルヴィオの様子を見るため、エヴァリーナより先に広間を出ていたはずだ。

「どうしました、パオラ妃殿下」

「シルヴィオがいないのです」

「えっ……!」

思いがけない言葉に大きく目を見開く。

「侍女たちにも探しに行かせているのですが、どこにも見当たらなくて……」

その言葉に、エヴァリーナはじわりと背中に汗が滲《にじ》むのを感じた。まさかデメトリオのようにシルヴィオも――と、一瞬脳裏に恐ろしい考えがよぎる。エヴァリーナは首を振ってその考えを打ち消し、慌ててパオラに近寄った。

「私も一緒に探します！」

「ありがとう……」

王太子でもあるステラッリオは、かなり遅くまで夜会の会場に残ることが多い。パオラは一人で心細かったことだろう。

「ああ……一体、シルヴィオはどこへ……」

青ざめた顔のパオラを宥《なだ》めつつ、一緒に子供が隠れそうな場所を探して回る。

「今日はいつもより夜会を抜けるのが遅くなってしまったから……」

シルヴィオは傍に母が寝ていないと探しに出てしまうのだとパオラは言っていた。もしかすると、今日もそうなのかもしれないが、デメトリオのことがあったばかりだ。

パオラも万が一を考えて、いてもたってもいられなかったのだろう。

「大丈夫です。きっとご無事ですよ。パオラ妃殿下、シルヴィオ殿下の行きそうな場所に心当たりはありませんか？」

エヴァリーナが問うと、パオラは「まさか……」と声を震わせた。

「あの子、中庭によく行くのです……」

「中庭!?」

よりにもよって中庭とは。あそこはまだ立ち入り禁止のため、いつも以上に人気《ひとけ》が少ないはずだ。

「急いで行きましょう」

パオラを促《うなが》し、急いで中庭に足を運んだ。

少ない明かりの中、噴水の側に座り込んで眠っているシルヴィオを見つけた時、エヴァリーナは心底安心した。

「シルヴィオ殿下……どうしてこんなところに」

「よかった！　シルヴィオ……さあ、起きて」

「ん〜……」

パオラが我が子を抱きしめ、抱き上げようとした。だが、シルヴィオがそれを嫌がる。

「やー！　おんぶー！」

酷《ひど》くむずかるのは眠たいせいに違いない。

今日のパオラのドレスには、背中に凝《こ》った花飾りがいくつもあしらわれている。

シルヴィオを背負うのは大変だろう。

「パオラ妃殿下、私でよろしければシルヴィオ殿下をおんぶしましょうか」

エヴァリーナは座り込むと、その背中をパオラに向ける。寝ているシルヴィオを一人で背負うのは難しいが、パオラの力を借りればできるだろう。

「まあ……ごめんなさい、エヴァリーナ」

「いえ、どうぞお気になさらず」

それはいつだったか、デメトリオがシルヴィオをおんぶした時と、同じ体勢だった。

『こうして背負うと腕がつりそうになる』

デメトリオは苦笑いを浮かべながらエヴァリーナにそう言った。小さな身体を背負うには、両手でシルヴィオを支えなければならない。

しゃがむ。

手を後ろに回す。

背負うはずの子供に意識を集中させる。

(あれ――？　これってすごく――)

「無防備だ……」

次の瞬間、エヴァリーナは転がるように身体を前方に移動し、腕の力で上半身をひねって振り返った。

「パオラ妃殿下！」

間違いであってほしい。

そう思った。

だが、そこには、ギラリと光るナイフを頭上に掲《かか》げるパオラがいた。

パオラに抱き起こされていると思っていたシルヴィオは、地面に横になったままだ。

「くっ……」

気づかれるとは思っていなかったらしいパオラは、焦《じ》れたように再びナイフを高く振り上げる。

「ひとつふたつみっつよつ、『旋回』！」

エヴァリーナは口早に魔法を唱えた。

二人の間に現れた小さな魔法陣が青白く光り、パオラの振り上げた手を包む。ナイフを振り下ろそうとする力とは反対の風が巻き起こり、彼女の手からナイフを飛ばした。

カランカランカラン……と軽い音を立ててナイフが後ろの方へと転がっていく。

咄嗟《とっさ》に横を確認する。シルヴィオはまだすやすやと寝ていた。

こんなところ、絶対、シルヴィオには見せられない。

「パオラ妃殿下……一体どうして……！」

「あなたがいたら、シルヴィオが王になれないからよ！　これ以上、王位継承順位を持つ人間はいらない。セレナ様にもあなたにもお子はいらないの。シルヴィオだけがいればいい。シルヴィオが王になる可能性を妨《さまた》げる者は、消さなければ――」

（それが殺害動機――！）

王位継承第二位のデメトリオがいなくなれば、セレナに子供がいない今、次代として王位を継ぐ可能性が高いのは、ステラッリオではなく養子の話が出ているシルヴィオだ。

（そのために、彼女はデメトリオを……）

ステラッリオもパオラも養子に気乗りしない雰囲気だったから、それを額面通り受け取ってしまった。シルヴィオに向けるパオラの優しげな姿を、信じてしまった。

明確な殺意をエヴァリーナに向けてくるパオラの姿は、恐怖よりも悲しみの方が強い。

再びナイフを取ろうと後ろを向いたパオラに、更に魔法を唱えるべきか一瞬迷う。

その時――

「リーナ！」

最悪のタイミングでデメトリオがやって来た。

「こっちに来ちゃ、だめ！」

思わず叫んだが、デメトリオは速度を上げて駆け寄って来る。

パオラはデメトリオの姿を確認すると、不利だと悟ったのか、そのままデメトリオとは逆方向へ逃げて行った。

「ひとつふたつみっつよつ、『追跡』」

エヴァリーナは咄嗟《とっさ》に魔法を唱えた。青白い光と共に小さな光がパオラの背中に魔法陣を浮かび上がらせる。

「誰か！　誰か人を！」

その間にデメトリオが大声で人を呼ぶ。しかし、夜会に人が割《さ》かれているためか、デメトリオの朗々とした声が響いても、なかなか衛兵が現れない。

デメトリオはエヴァリーナのもとへ来ると、さっと全身を確認した。

「怪我はないか？」

彼は心配そうに顔を覗《のぞ》き込んでくる。だが、今はそんなことを悠長に話している場合ではない。

「パオラ妃殿下が……」

「ああ……」

デメトリオの表情は硬く、そしてその顔色はひどく青ざめていた。

「デメトリオ、どうしてここに来たの？」

「戻ったらリーナがいなかったから、探していた。そうしたら、こちらで声が聞こえたので、急いで駆けて来た」

「ねえ、デメトリオを殺したのは――」

エヴァリーナが震える声で確認すると、デメトリオは力なくうなずいた。

「先程の彼女を見て思い出した……私を殺したのはパオラ殿だ」

「それは、しゃがんだ時に……？」

「ああ、私はシルヴィオを背負っていた。ここで一人で遊んでいたシルヴィオを見つけ、おんぶをねだられてな……そのまま背中で寝てしまった時にパオラ殿が現れて、抱いて連れて帰りたいというので、彼女が抱きやすいようにしゃがんで背中を向けた……」

「ちょっと……待って！　それ……刺された時、背中にシルヴィオ殿下がいたの？」

「ああ……」

エヴァリーナは、驚きと恐怖を隠せない。

(だから首だったのか！)

背中にはシルヴィオがいた。だから、彼女は首を狙うしかなかったのだろう。

しかしそれは、まかり間違えばシルヴィオに殺害現場を見られていた可能性があったかもしれないのだ。

あまりにも衝動的で、考えなしな行為に、言葉が出てこなかった。

だが、とにかく今は彼女を捕まえないと何をしでかすか分からない。

「パオラ妃殿下を追いましょう！」

「ああ……その前にシルヴィオを誰かに預けなくては」

確かに、このままここに寝かせておくわけにはいかない。

すっかり熟睡しているシルヴィオを見ると、母親に殺人の道具に使われたなんて、絶対に知られたくなかった。

中庭を出たところで、ようやく衛兵たちが駆けつけてくる。彼らにシルヴィオを託し、二人はパオラを追った。

追跡の魔法によって、キラキラとした光がパオラの逃げた行き先を示す。

二人でそれを辿《たど》っていくうちに、段々、エヴァリーナの顔が険しくなっていく。

「エヴァリーナ……」

デメトリオも気づいたのだろう。

彼女の行き先は、ここ最近、エヴァリーナが生活している星見の塔だった。

「なんでこんなところに――」

エヴァリーナは前方にある高い塔を見上げた。

すると、塔のてっぺんの大きな窓が開いている。

その窓の桟《さん》に、何かがぶら下がっていた。

「リオネロ！」

目を見開き、エヴァリーナは叫んだ。

「エヴァリーナさまあああああああああああああああ！」

こちらに気づいたリオネロが、あらん限りの声で叫ぶ。

彼は上半身を窓から乗り出し、必死に誰かを掴《つか》んでいた。

遠目でも分かる。ドレスの女性はパオラだった。

どうしてそうなったのかは分からないが、絶体絶命なのは見て取れる。

「ちょっ……なんで誰もいないのよ！」

いつもなら塔の下に衛兵がいるはずなのだが、今日に限って誰もいない。

パオラは胸に本を抱きしめ、リオネロの手を振り解こうとしている。

「死なせて……！」

小さな悲鳴のようなパオラの声が微《かす》かに聞こえてくる。

リオネロは、小さな身体で必死にそれを掴《つか》んでいた。

「死ぬなら一人で死んでよ！」

思わずエヴァリーナはそんなことを叫んでいた。あのままでは、リオネロまで道連れにされかねない。

危なくなったら掴《つか》んでいる腕を離せばいいのだが、あの弟子《でし》がそんなことをするわけがないのは自分が一番よく知っていた。

ずるりと、二人の身体が窓の下に滑り落ちる。

「リオネロッ！」

エヴァリーナの心臓が破裂したかと思う程強く脈打った。

しかし次の瞬間、窓枠にもう一人、男が現れた。彼は落ちていくリオネロの両足を抱え込むように掴《つか》んだ。

「デメトリオ！　え？　どうして……」

いつの間に塔に上ったのだろうか。さっきまでは一緒に走っていたはずなのに。

ひとまずエヴァリーナはホッと息をつく。その時。

「ひいっ……！」

リオネロが短く悲鳴を上げた。ハッとして見上げると、デメトリオの身体がずり下がり始めている。いくらデメトリオといえも、二人分の体重を支えるのは辛いのだろう。彼の上半身は、既にだいぶ窓から乗り出している。

ようやく塔の下に辿《たど》り着いたエヴァリーナは息を切らして上を見上げる。すると、その眼前に一冊の本が落ちてきた。その本を確認して、目を見開く。

それはセレナ王妃から借りた、あの恋文が隠されていた本だった。

（どうしてこの本がここに？）

どうやら先程パオラが抱きしめていた本がこれだったようだ。なぜ、そんなことをしようとしたのかは分からないが、今はそれどころではない。

（私が上がっても間に合わない！）

エヴァリーナは走り続けて乱れる呼吸のまま、力強く叫んだ。

「ひとつふたつみっつよつ、『沈下！』」

言葉としては短いが、乗せた魔力は最大出力だ。

ずるり、と根こそぎ魔力を持っていかれる。

もしかしたら、全ての魔力を使い果たしてしまうかもしれない。

それでも、今、この場で大切な人を二人も失う未来なんて、考えられなかった。

「うわわわわわ！」

リオネロが目を見開いて魔法陣を確認する。

それは塔の真下、地面一面に描かれた大きな魔法陣。文字と数字が複雑に絡《から》み合うそれを真下に確認したリオネロは大きく目を見開いて叫ぶ。

「え？　沈む？　沈めるんですか!?」

弟子《でし》の魔法式を読む力はこんな時でも発揮されるようだ。

「ご名答！」

次の瞬間、とっぷん、と音を立てて地面が液状化した。そしてみるみる塔を地面に沈めていく。

あっという間に、パオラの足が地面に着いた。液状になっていた地面はそのタイミングで元に戻る。

パオラはそのまま足の力が抜けてしまったのか、ぺたりと座り込んでしまった。

「し……死ぬ……」

一度に大量の魔力を使ったエヴァリーナも、その場にへにゃりと座り込んだ。その間に、デメトリオが窓枠からリオネロを下ろし、自分もその窓から外に出てきた。

「リーナ……助かった」

デメトリオが安堵した顔で近寄って来ると、座り込んだエヴァリーナに手を貸して立たせてくれる。しっかりと腰に手を回してくる彼の手に、エヴァリーナは自《みずか》らの手を重《かさ》ねデメトリオの体温を確かめた。

確かなぬくもりを感じて、ホッとする。

「エヴァリーナさまぁ！」

リオネロも兎《うさぎ》の耳を震わせながら、エヴァリーナへ駆け寄ってきた。

「リオネロ、無事で良かった。それにしたって、どうしてこんなことになったのよ……」

青白い顔のリオネロに、同じく魔法を使い切った青白い顔で問う。

「そろそろエヴァリーナ様が戻られる頃かと思って、塔の下でお風呂の準備をしていたんです。そうしたら、青ざめた顔で歩くパオラ様と会いまして……」

「で、塔に上げたと」

「はい。とても顔色が悪かったので、身体を温めてもらおうかとお茶を用意していたら、突然、あの……例の本を抱きしめて窓から飛び降りようとされて……。後はエヴァリーナ様がご覧になったとおりです」

「本……？」

デメトリオが訝《いぶか》しげにリオネロに聞き返す。エヴァリーナはハッとして地面に落ちている本を見た。

「これか……？」

「あ、デメトリオ、待って……！」

デメトリオは本を拾い上げると、パラパラとページを捲《めく》る。そして、それが先日、リオネロがセレナに借りてきた本だと分かったようだ。そのまま本を閉じようとして、裏表紙の文字に気づく。

大きく裏表紙を開き、書かれた文字をデメトリオの目が追う。

徐々に、彼の眉間に皺《しわ》が寄っていった。

デメトリオはパタンと本を閉じると、エヴァリーナの方を見て確認する。

「エヴァリーナ、この本は……？」

「リオネロがセレナ王妃陛下からお借りした本よ……たまたま私が魔法の気配に気づいて……。ごめんなさい、あなたの大切な秘密を暴《あば》いてしまって……」

エヴァリーナが目を伏せながら謝罪をすると、デメトリオの声がそれに被さってきた。

「ちょっと待ってくれ。なぜこれが私の秘密になるんだ？」

「え？　あなた、セレナ王妃が好きなんでしょ？」

「は？」

デメトリオが大きく目を見開いてエヴァリーナを見た。

「だって……それ、リオって――あなたの愛称が……」

「いや、これは――」

デメトリオが何かを言いかけた時、ステラッツリオが息を切らしながら駆けて来た。

「パオラ！」

ステラッツリオは塔の惨状と、そこに力なくしゃがみ込む妻に戸惑いながらも、真っ直ぐにパオラのもとへと走っていった。

「パオラ！　一体どうしたんだ？　君がエヴァリーナを殺そうとして逃げたと聞いたんだが、そんなことは嘘だよね!?」

ステラッツリオはしゃがみ込んでパオラに視線を合わせると、そう問いかけた。

パオラは青白い顔でステラッツリオと目を合わせると、にっこりと微笑む。それはいつもの少女のような微笑みだ。

しかし、すぐにその微笑みはズルリと剥《は》げ落ち、パオラは唇を震わせながらボロボロと大粒の涙を零《こぼ》し始める。

その顔を見て、今までの彼女の微笑みが全て演技だったのだとエヴァリーナは理解した。

少女のようなパオラの微笑みは、全て偽物。

その証拠に、今、ボロボロと涙を零《こぼ》して泣く彼女は少女らしさの欠片《かけら》もなく、ただの女の顔をしていた。

「だって……だって……私を必要としてくれるのはシルヴィオしかいないじゃない……」

「パオラ……？」

ステラッツリオは戸惑いながらパオラの名を呼ぶ。

パオラはだらりと座り込んだまま、涙を拭《ぬぐ》うこともなく、か細い声で囁《ささや》く。

「私はずっと、ステラッリオ様をお慕いしていました。だから、あなたとの婚約が決まった時は本当に嬉しかった。たとえ政略結婚であっても、ステラッリオ様と幸せな夫婦になりたいと思っていました……」

「幸せだろう？　確かに僕たちは政略結婚ではあったけど、僕は君を愛している。それなのになぜ——」

ステラッリオの言葉にピクリと肩を震わせたパオラは、小さく笑う。ボロボロと涙を零《こぼ》しながら笑う彼女は、まるでどこか壊れてしまったかのように見えた。いや、既にもう壊れているのだろう。だから、デメトリオを殺してしまった。

では、何が彼女を壊したのか——

「私が気づかないと思われたのですか？　あなたが本当に愛しているのは、私ではなくセレナ様でしょう。あんな本を贈る程に——」

パオラがスッと指さしたのは、デメトリオの持つ本だ。

「え——？」

エヴァリーナは思わず声を上げて、本を見つめてしまう。

「だって、これにはリオって——」

エヴァリーナの呟《つぶや》きを訂正したのは、横にいたデメトリオだ。

「確かに私もリオだが、兄上もステラッリオでリオなんだ。そして、若い頃、兄上はセレナ王妃に懸想《けそう》していた……」

（ええっ⁉）

「兄上……こんなものを王妃に贈っていたことが知られれば、あなたの地位さえも危うくなります。どうしてこんな浅はかな――」

呆れとも落胆ともつかぬ声でデメトリオが言い、文字の書かれていたページを開いてステラッリオに突きつける。

ステラッリオは終始、訳が分からないという顔をしていた。だが、デメトリオに突きつけられた本を見た瞬間、顔を強張《こわば》らせて叫んだ。

「それは……ちがっ……違うんだ！」

ステラッリオは強く首を横に振る。

「た、確かに、僕はかつてセレナ王妃を好きになった。その本は感傷というか……僕の気持ちを知らずともああした形で持っていてくれればという……それだけのものだったんだ……あの時はまだセレナ王妃に未練もあったから……」

「私、その本のことを覚えています。あなたがセレナ王妃に、結婚祝いのお返しとして贈られた本でした。あなたは、セレナ王妃のために私と結婚した。セレナ王妃が幸せになるために、あなたはご自分を犠牲にされたのですよね。私との結婚式の日、あなたの視線はセレナ王妃に向けられていた。あなたはとても愛おしげにセレナ王妃を見ていらした。本当に、愛おしそうに――」

パオラの声は涙声であったが、しっかりとしていた。しかし、そのあまりにも痛々しい内容に、エヴァリーナはかける言葉もない。

先程、パオラは偶然その本を見たのだろう。だが彼女は、その本のことをしっかりと覚えていた。悲しい程に、覚えていたのだ。

自分たちの結婚式の後に、夫となった男が他の女に贈り物をする。それを見て、パオラはどう感じたのだろう。どう思ったのだろう。

どんな気持ちで、彼女はステラッツリオの子を産んだのだろう。

「違う……僕は、今はパオラを心から愛している。シルヴィオのことも愛している。本当に、本当だ」

ステラッツリオの声が震える。彼はパオラの肩を揺すり、必死に愛を伝えるが、既に彼女の瞳はステラッツリオを見ていない。

「ええ、あなたはシルヴィオのことを愛してくださいました。とても可愛がってくださいました。私もシルヴィオがとても可愛い。あなたによく似たあの子は、私のことを愛してくれる。だけど、あの子もまた、あなたの子でした」

「パオラ……？」

パオラは唇を歪《ゆが》めて笑った。

「シルヴィオはセレナ様が大好きなんですって。セレナ様の子供になってもいいと、喜んで言っていました」

思わずエヴァリーナも泣きたくなってしまった。

子供の他愛ない言葉のはずなのに、どうしてこんなにも残酷に、胸に響くのだろう。

シルヴィオは、誰かをより好きだとか選んだつもりはなかったはずだ。それは、純粋に母親を慕う様子からも見て取れる。きっと伯母の養子になる意味だって、よく分かっていなかった可能性が高い。けれどパオラは、自分の息子が自分より、セレナを選んだように受け取れてしまったのだろう。

そんなことは決してないとエヴァリーナにだって分かるのに、母親であるパオラだけが分からなかった——

「シルヴィオは、私よりセレナ様が好きなんです。あなたと同じように、セレナ様が好きなんです！」

「パオラ！」

「だから！　だから！　王様にしてあげようと思った！　セレナ様のお子として、あの子を王様にしてあげようと思った！」

「待って。それなら、なぜデメトリオを殺す必要があったの——！」

思わず口を挟んでしまった。そうなのだ。

もし、このままセレナに子供ができなければ、シルヴィオは国王夫妻の養子となり、そのまま王となっただろう。パオラがデメトリオを殺す必要などまったくない。

パオラは口を挟んだエヴァリーナを見て、その横のデメトリオを悲しげに見つめた。

「あの夜会の日、デメトリオ様は私に『養子の件はもう少し考えてみてはどうだろうか』と仰《おっしゃ》いました」

「え、なんでそんなことを……」

驚いて渦中の人であるデメトリオを見た。デメトリオは何か答えようと口を開いたが、それをパオラが言葉を被せて打ち消す。

「そんなことを陛下やステラッリオ様に仰《おつしや》ったら、シルヴィオの養子の件はなくなってしまいます！　それに、もしデメトリオ殿下にお子ができたら、シルヴィオでなくデメトリオ殿下のお子を養子にという話になるかもしれない……それでは困るの。シルヴィオがセレナ様のお子にならないと、シルヴィオが可哀想。あんなにセレナ様が好きなのに……あんなに好きなのに……」

最後の方はぶつぶつとまるで自分に言い聞かせるようだった。

その姿に、エヴァリーナはパオラの闇を見る。

「セレナ様がお好きなら、セレナ様とお幸せになってくだされればいいのです……」

それは誰に対しての言葉だったのか――たぶん、ここにいる全員が分かったはずだ。

シルヴィオを愛しているのはもちろんだが、彼女は夫も愛していた。

ステラッリオは顔を苦しそうに歪《ゆが》めてパオラを抱きしめる。

「パオラ……！　僕が好きなのは君なんだよ……パオラッ……！」

だが、その言葉はもうパオラには届かない。

デメトリオも首を横に振りながら、パオラに言う。

「パオラ妃殿下……あの言葉は、シルヴィオのことを思っての言葉だったのです。シルヴィオは私の背中で、パオラ妃殿下がいかに好きかを話してくれました……。だからこそ、あなたたち母子を引き離すのを忍びないと考えたのです」

それはデメトリオらしい考えだと思った。きっとシルヴィオは、デメトリオにおぶわれながら、無邪気にパオラを慕う言葉を告げたのだろう。それを聞いたデメトリオが、シルヴィオのことを思ってパオラに忠言したのは、至極当然だと思った。

ただ、パオラには、その言葉はまったく別の意味合いで届いてしまったのだ。

そこからどうして殺意という尋常でない感情まで振り切れてしまったのかは、人を殺したことのないエヴァリーナには分からないし、これからも理解できない。

だが、とうの昔にパオラが壊れてしまっていたことは分かった。

「パオラ、正気に戻ってくれ……！　パオラッ……！」

「……」

今にも泣き出しそうな声で妻を呼ぶステラッリオ。なんとも言えない顔でそれらを見つめるデメトリオ。ぼんやりと座り込んだまま、全てを諦めきってしまったパオラ。

明らかになった真実は、誰一人、幸せになれないものだった。

（あ——もう！）

いくらデメトリオが生き返ったとはいえ、王子を殺してしまったパオラは、よくて幽閉、悪くて死罪だ。

エヴァリーナはガシガシと頭を掻きむしる。せっかく綺麗に整えてもらった髪が乱れるままに、彼女はパオラのもとへと歩いていった。

散々走って、大魔法まで使った身体は既に限界だ。

だけど、こんな終わり方は嫌だ。

こんな、誰も幸せになれない終わりなんて、冗談じゃない。

『どうか、エヴァリーナ、もう一度、奇跡を私たちに見せてはくれぬか？』

そうアドルフォはエヴァリーナに願った。

（私に、どんな奇跡を期待したんだか……）

つくづくアドルフォのエヴァリーナ頼みを腹立たしく思ったが、彼にもどうしようもなかったのだろう。

確かにこれでは、何かの奇跡を願わずにはいられない。

「パオラ妃殿下……人を殺すということはとても悪いことです」

ゆっくりとエヴァリーナがパオラたちのもとへ歩み寄る。

「待ってくれ！　パオラがそうしてしまったのは僕のせいだ！　裁きなら僕が受ける！」

ステラッリオがパオラを庇《かば》うようにエヴァリーナの前で手を広げた。この姿を、この愛情を、もっと前にパオラに見せていれば何かが変わっていたのだろうか――

そう思えども、それは詮無いことだと思い直す。

「人が一人死んでいるんです。私は生き返らせるために自分の命を半分捧げました。それでも生き返ったことは奇跡なんです。本当なら、デメトリオは死んでいた。この、誰よりも誠実で、国のことを想い、次代を育てようとした人を、彼女は殺したんです！」

エヴァリーナの断罪に対して、パオラは静かなままだ。

だからエヴァリーナは、少しだけ意地の悪いことを言う。

「私の失った半分の命、シルヴィオ殿下からいただくことにしましょうか？　あの子はまだ子供です。いくらでも奪えるでしょう？」

シルヴィオのことを口にした瞬間、パオラの顔に生気が戻る。パオラは青白い顔のままエヴァリーナの足元に這《は》いつくばり、懇願する。

「やめて！　シルヴィオは関係ないわ！　奪うなら私の命にして頂戴！」

先程まで静かに黙っていたパオラが、シルヴィオのことに対してだけ正気になるのを見て、少しだけエヴァリーナは安心した。

この人の心は全部が壊れたわけではない。偽善かもしれないがそう感じた。

「そうですか……なら、その命、もらいうけましょう」

エヴァリーナはそう言うと、パオラの頭にその手をかざす。

パオラが青白い顔のまま、ぎゅっと強く目を瞑《つむ》った。

「待ってくれ！　パオラの命を奪わないでくれ！　奪うならここまで彼女を追い詰めた僕の命でいい！」

「エヴァリーナ、待つんだ！」

ステラッリオが必死にパオラに覆《おお》い被さろうとし、デメトリオがエヴァリーナに駆け寄ってくる。

「ひとつふたつみっつよつ、『凝固』」

邪魔をされては困るので、デメトリオたちの動きを封じた。二人の身体がまるで氷のように固まって動かなくなる。

「やめろ！　やめてくれ！」

ステラッリオが声高に叫ぶ。

「エヴァリーナ！」

デメトリオも声高にエヴァリーナの名を呼んだ。

だが、エヴァリーナはやめない。

「ひとつふたつみっつよつ、『消去』」

言葉に魔力を乗せる。魔法式が紡《つむ》がれ、美しい魔法陣がパオラの頭上に現れた。青白く発光する魔法陣は、パオラの頭上をぐるぐると高速で回り始める。まるでそれはパオラの罪を断罪するかのように映った。

これが果たして正しいことなのかは分からない。だけど、誰かがどうにかしなければ、何も終わらないし、何も変わらないのだ。

「うわぁ……、エヴァリーナ様、悪役魔女全開……」

ただ一人、魔法を読むことのできるリオネロだけが、そう呟《つぶや》いた。

魔法陣がパオラの頭上で一際強く輝く。それは青く発光し、強い光が辺りを一瞬で染めた。

時間にしてわずかの後、魔法陣はスウッと空気に吸い込まれて消えた。

魔法が解け、動けるようになったステラッリオがパオラを抱きしめ、強く揺する。

「パオラ、死ぬな！　パオラ！」

「……？」

パオラはパチリと目を開けると、キョトンとした顔でステラッリオを見上げた。

「魔女め！　我が妻に何をした！」

激昂《げきこう》するステラッリオの横で、パオラは戸惑いを口にする。

「ステラッリオ様、どうして私はあなたに抱きしめられているのでしょう……？」

「パオラ……？」

ステラッリオの胸を押し、パオラはその胸から逃げる。その顔に先程までの絶望や、悲愴さは一切ない。するりと何かが抜け落ちてしまったかのような顔に、ステラッリオが困惑する。

「こんな夜更けに皆さま、どうなされたのですか？」

慌てて立ち上がったパオラが不思議そうに皆を見回す。ステラッリオは何が起きたのか分からず、困惑した顔のままだ。

「私、シルヴィオが心配ですので、失礼いたしますね」

パオラは足早に部屋に戻っていった。ステラッリオは呆然とそれを見送った後、エヴァリーナを睨《にら》みつける。

「魔女、パオラに何をした？」

「パオラ妃殿下から、ステラッリオ殿下に向けられていた強い感情を根こそぎ奪いました。主に恋情です。だから、彼女が恋情によって起こした行動についての記憶は、今はもう彼女の中にありません」

「まさか……そんなこともできるのか？」

あまりのことに、ステラッリオが口を開けたまま呆然と固まる。

一方でリオネロは背後で耳をピクピクとさせながら、呻《うめ》く。

「普通はこんなことできませんから！」

「恋情を全て奪ってしまったので、パオラ様は今、ステラッリオ殿下のことをなんとも思っておりません。その状態から、また始められてはどうですか？」

「しかし……デメトリオのことは……」

「まあ、デメトリオもこうして生き返っていますしね、パオラ妃殿下が殺したという証拠も何一つありません。だって彼は生きていますから」

ニッコリとエヴァリーナが笑う。

要は全部なかったことにした――そういうことだ。

エヴァリーナのカラリとした悪意なき笑顔に、ステラッリオは毒気を抜かれたかのようにへたり込み、そして苦笑した。

「これが博識の魔女の力か……しかし、そなたの寿命は半分になったままなのだろう？」

「魔女は往々にして長生きです。それが普通の人間と同じ位になった程度ですよ。それに、ステラッリオ殿下にも重い罰を与えたつもりです」

エヴァリーナの言葉に、ステラッリオは目を見開き、それが何かに思い当たる。

「なるほど……僕の記憶を消さないことが、罰か」

「ええ、一生パオラ妃殿下を監視してください。ステラッリオ殿下がきちんと愛情を注《そそ》がないと、また同じことが起こるかもしれませんよ」

できればそんなことは二度と起きてほしくはないが。

しかし、ステラッリオは力強い声で断言した。

「決してさせない。パオラを人殺しなどに、もう二度とさせるものか」

「その言葉、お忘れなきよう――」

エヴァリーナがドレスの裾を持ち上げながら淑女の礼をすると、ステラッリオが苦笑した。

「なんとも心の広い魔女だ。礼を言う。ならば僕は、これから妻のもとへ普通を装って戻らないといけないね」

「そうです。早くお戻りください。こちらの感傷の遺物もこのとおり、消してしまいますから」

エヴァリーナはそう言うと、ステラッリオがセレナに贈った書物を手に取る。

「ひとつふたつみっつよつ、『焼却』」

一瞬小さく魔法陣が現れた後、ぼっと青い炎が本を焼いた。

ステラッリオのはた迷惑な恋情が燃えていく。ステラッリオはその本が起こしてしまった悲劇をしっかりと目に焼きつけた後、立ち上がって服の土を払うと、デメトリオを見た。

「デメトリオ、すまなかった。そして、生き返ってくれてありがとう……」

「兄上……」

「僕は一生、この罪を背負って生きていこう……」

ステラッリオはそう言うと、パオラの後を追っていった。

縮んでしまった塔の前には、デメトリオとエヴァリーナ、そしてリオネロの三人だけが残る。

「よかったのか……？」

デメトリオがエヴァリーナに問いかけた。それをエヴァリーナは笑う。

「死んだ人間が生き返ったからこそできる奇跡ですよ。だから、二度と変なことで死なないでくださいよ」

「エヴァリーナ……」

動けるようになったデメトリオがエヴァリーナを抱きしめる。その腕に、エヴァリーナがぐったりと寄りかかった。

「エヴァリーナ？」

「痛い……」

下腹部を抑えて顔をしかめるエヴァリーナに、今まで様子を見守っていたリオネロが冷静な判断を下した。

「あー、魔力切れですよ。当然ですよね。あんな大魔法を二回も使って。馬鹿ですか？　よく魔力が持ちましたね？　しばらくは鈍痛に襲われますよ……。でも安心してください。僕もしばらくこの魔法の解読で寝不足ですから!!　アハハハハ！」

リオネロの目は笑っていない。耳などピンと尖《とが》りきっているが、それはこれから自分に与えられる仕事に殺気立っているからだ。エヴァリーナは素知らぬ顔でそっぽを向く。

「大丈夫か？　私に何かできることはないか？」

心配そうにエヴァリーナを抱きしめるデメトリオに、リオネロはサラリと言う。

「ありますよ」

「ちょっ……リオネロ」

嫌な予感がした。咄嗟《とっさ》にリオネロを止めようとしたが、下腹部の痛みでそれどころではない。

「デメトリオ様の魂《たましい》はエヴァリーナ様の魔力を宿していますからね。それを注《そそ》いであげてください」

「どうやって？」

「デメトリオ、聞かなくていいから！　リオネロ、言うな！」

腹が痛いがなんとか叫ぶ。しかし、リオネロは据《す》わりきった目でそれを無視するとキッパリと言う。

「性交渉です。一晩くらいお励《はげ》みになったら、エヴァリーナ様の鈍痛もなくなると思いますよ」

（最後の最後まで、それなのか！）

ぐったりとしたエヴァリーナはデメトリオの腕の中で脱力した。

「いや、寝てれば大丈夫だから……」

「分かった。今すぐ抱こう」

「決断、はやっ！」

デメトリオはエヴァリーナの膝裏に手を入れると、そのまま彼女をお姫様抱っこして歩き始める。

「リ、リオネロ～！」

エヴァリーナが恨めしげに声を上げたが、弟子《でし》はヒラヒラと手を振るだけだった。


デメトリオの寝室に抱かれたまま連れて行かれると、そっと寝台に下ろされる。場所のせいか、最初の行為を思い出させた。

「大丈夫か？」

デメトリオがキスを降らせながら、そっとエヴァリーナの服を脱がしていく。そして自《みずか》らも上衣を脱いだ。

「なんか、初めての時みたい……」

ぽつりとそう呟《つぶや》くと、デメトリオが苦笑した。

「あの時は優しくできなくてすまなかった」

「え？　いや、十分優しかった……よ？」

デメトリオとしか経験はないが、とても丁寧に抱いてもらったと思う。

「……すまない。結局あなただけが割を食ってしまった……」

彼がパオラのことを言っているとすぐに分かった。エヴァリーナは下腹部の鈍痛に耐えながらも、デメトリオの首にしがみついて言う。

「割なんて食ってないですよ。だってデメトリオが死ななかったら、私はあなたと会えていませんしね。それに、そのお蔭であなたと結婚できる」

ニッコリと微笑めば、デメトリオはくしゃりと顔を歪《ゆが》めた。

「しかし、あなたは俺との結婚など望んでいなかったのに――」

(望んでいなかったですよねぇ……)

実は今とて、あまり歓迎したくはない。それでもこの手を、この抱きしめる身体を、愛しいと思う。彼のためなら命の半分など惜《お》しくはなかったし、些事《さじ》にまつわるいろんな出来事も乗り越えられる気がした。

(私って、好きになったら一途なんだなあ……)

ふと、アドルフォが言ったことを思い出す。彼は自分とデメトリオが似ていると言っていた。あの時はまったくそんなことを感じなかったが、なるほど確かに、自分とデメトリオは似ているのかもしれない……

「エヴァリーナ……?」

心配そうに、申し訳なさそうに、自分を見下ろしてくるデメトリオに、エヴァリーナは軽く唇を寄せた。ちゅっと軽い音をして口づけると、デメトリオが驚きで目を見開く。

「悪いと思うなら、沢山、抱きしめて。お願い」

甘えたように言うと、デメトリオはエヴァリーナの額《ひたい》の髪を掻き上げ、そこに優しくキスをする。

そして、耳元で優しく囁《ささや》いた。

「一生、あなただけを大切に抱く――」

その言葉で、エヴァリーナには十分だった。

髪に指を差し込まれると、ゾクゾクした。

腹の奥底が、鈍い痛みと、それとは別の甘やかな熱をエヴァリーナに繰り返し伝えてくる。

「足を開いて」

囁《ささや》かれる言葉に、恥じらいながらもゆっくり足を開けば、その間に彼の顔が入り込んできた。

次に何をされるのか分かって、思わずその頭を押し返してしまう。すると、不満げな赤紫の瞳とかち合った。

「あ、……あのね……毎回思うんだけど、その……舐《な》めすぎじゃない？」

常々思っていた。

異世界の本を見ても、デメトリオ程、毎度毎度舐《な》める男はいない。

舐《な》めると手っとり早く濡れるからだろうかとも思ったが、デメトリオのそれは長く執拗《しつよう》で、とてもそうとは思えない。なんだかんだで、そこを丹念に舐《な》め解されるのは気持ちがいいのだが、毎回王子にそのようなことをさせてしまうことが恥ずかしく、いたたまれないのだ。

しかし、デメトリオはそんなエヴァリーナの恥じらいや葛藤《かっとう》を一蹴した。

「無理だ」

デメトリオは首を強く横に振った。そして続けて言う。

「あなたのここを舐《な》めるのは、俺の性的嗜好《しこう》だ――つまり、好きだから舐《な》める」

堂々と宣言されてしまったが、できれば宣言してほしくなかった。

「えぇぇぇ……」

言葉もないエヴァリーナの顔を見て、デメトリオは妖艶《ようえん》に微笑むと、まるでご馳走を散々待たされた犬のようにそこへ食らいついた。

「んっ……ちょっ……やあ……！」

デメトリオは肉厚な舌でべろりとエヴァリーナのそこを舐《な》めると、ぴちゃぴちゃと音を立てて吸いつき始める。

「デメトリオ……ちょっと待って……汚いし……！　舐《な》めないで香油とかつかっ――あっ！」

ぐりぐりと舌先を尖《とが》らせてエヴァリーナの中に押し入ってくるデメトリオに、エヴァリーナはぐっと内腿《うちもも》に力を入れた。デメトリオの顔を腿《もも》で挟んでしまう形になり、羞恥《しゅうち》で思わず目を逸《そ》らす。

しかし、目を逸《そ》らしたところでそこに与えられる感覚からは逃げられない。

いつもよりずっと激しいデメトリオの行為に、エヴァリーナの肌は赤く上気していく。

「濡れてきた」

「っ！　いちいち報告しなくて、いいからっ！」

デメトリオの唾液とは別のもので潤《うるお》い始めているのはエヴァリーナとて分かっている。デメトリオによってすっかり慣らされた身体は、そこを舐《な》められるだけで簡単に濡れてしまう。

しかも、時折デメトリオがわざと内股の方まで舐《な》めてくるので、それにも変な声が出てしまった。

「あっ……デメトリオ……んあっ」

激しく攻め立てられて、やめてほしいと訴えることもできない。

はくはくと空気を求めるように開かれる口からは、断続的な喘《あえ》ぎ声しか出ない。

（なんで、もう……!!）

恥ずかしいから、やめてほしい。

そう言いたいのに、身体はデメトリオの舌に、指に、簡単に屈服してしまう。

デメトリオは舌先でエヴァリーナの蜜口を丹念に解し、そこから滴《したた》る蜜を啜《すす》る。その淫靡《いんび》な水音にエヴァリーナは必死に首を横に振った。

身体はすっかり桜色に染まり、デメトリオを受け入れる準備をしている。

「デメトリオ……もう……いいから！　ねぇ、お腹痛いから、もう、入れて。ねっ？」

このままずっと舐《な》められて一人でイッてしまうのは耐えがたく、鈍痛を理由に懇願した。すると、デメトリオが名残惜《なごりお》しそうに顔を上げる。

「まだ、足りない……」

その言い方が可愛くて、つい宥《なだ》めるようにその頬を撫でた。

時折、どうしようもなくこの人を可愛く感じてしまう。真っ直ぐで、どこか愚直で、だけど、とても優しいこの人を、自分は本当に好きなのだと思った。

「私も足りない。だから、リオで私をいっぱいにして」

デメトリオはふっと笑うと、「喜んで」と囁《ささや》く。そして、蜜口に熱い彼自身を宛てがうと、一気に貫いてきた。

「んっ……！」

舌でかなり解されていたとはいえ、いきなりの侵入にそこがピリピリと引きつれる。

思わず眉間に皺《しわ》を寄せていたのに気づいたのだろう。デメトリオの唇が宥《なだ》めるように眉間に口づけてきた。

「すまない」

もう一度、キスと共にそう言われ、エヴァリーナは苦笑しながらデメトリオの昂《たかぶ》りを受け入れた。

「大丈夫……気持ちいい……」

「リーナ……」

デメトリオは何度もエヴァリーナの顔にキスを落としながら、じっと彼女が落ち着くのを待つ。

エヴァリーナはデメトリオの首に手を回し、そこにある傷痕《きずあと》を優しく撫でた。

「動いていいか？」

「ん」

軽くうなずくと、ゆっくりとデメトリオの腰が動き始めた。入ってくる時はかなり強引だったのに、その動きはやけに焦《じ》れったい。ずずずと時間をかけて腰を引かれると、そこに自分の中が絡《から》みついていくみたいな錯覚を覚える。

ギリギリまで引き出され、ずんっと奥まで入れられると、「んっ」と意図しない声が出た。

「リーナ、好きだ。本当に、心底好きなんだ……」

真っ直ぐ、赤紫色の瞳に射抜かれながらそう言われた。

どうしてこの人の心を疑ってしまったのか。

自分を責めたくなる程、彼の瞳にはエヴァリーナしか映っていない。

(ああ、この人は、私のことを好きなんだ)

身体の中を絶え間なく出入りする熱が、デメトリオの想いの強さを強く感じさせる。それに反応するように、自分の中がデメトリオをギュッと締めつけた。

デメトリオの息が次第に上がっていく。

ずっずっと、ゆっくり腰を動かしながらも、デメトリオの顔から段々と余裕がなくなってきていた。

「リーナ……なんだか今日……」

デメトリオが何を言いたいのか分かる。

エヴァリーナ自身もそうだから。

(どうしよう、すごく気持ちがいい……)

今までで一番気持ちがいい。彼が入ってくるたびに、もっと奥へ奥へとエヴァリーナの中が蠢《うごめ》いている。

「キスしてもいいか?」

ぺろりと自分の唇を舐《な》めたデメトリオにそう確認され、返事の代わりに口を開いた。

デメトリオの唇がエヴァリーナの唇にぴったりと合わさる。

すぐにエヴァリーナの口の中に舌が入り込んできて、口腔《こうこう》で唾液を絡《から》ませ合った。

「ん……んっ……」

くちゅくちゅと、身体を揺さぶられる音と、舌を絡《から》め合う音が重《かさ》なる。

どちらの音もとても卑猥《ひわい》だ。だけど、それが互いの快感を更に煽《あお》っていく――

無意識に腰を押しつけるように動いた。

ゆっくりと、じっくりと、身体の中心に熱が溜まっていく。

激しい挿入ではないけれど、どうしようもなく気持ちが良くて、エヴァリーナはギュッと内股に力を入れる。すると、体内のデメトリオが更に熱く大きくなった。

「リーナ」

「リオ……」

唇を離して間近から見つめ合う。

デメトリオの赤紫色の瞳も、自分の瞳も、きっと同じくらい蕩《とろ》けている。

この人が好きで、すごく好きで、こうして重《かさ》なり合うことが嬉しい。そう思っていると、互いの顔を見ているだけで分かった。

「どうしよう……」

ぽつりと、言葉が零《こぼ》れる。

「リーナ、何？」

ゆっくりと動いていたデメトリオがエヴァリーナに問いかける。

エヴァリーナは目尻を赤く染めて言う。

「すごく幸せ……」

愛されていると思った。契約魔法のための行為だったはずなのに、いつの間にか絆《ほだ》されて、流されて。だけど、その流された先に、こんな幸せが待っているなんて思わなかった。

デメトリオはエヴァリーナの前髪を慈《いつく》しむように掻き上げると、そこにキスをして破顔する。

「俺も幸せだ。だけど、もっと幸せを感じてもいいか？」

「え？　ん？」

ぐっと頭を抱えこまれ、次の瞬間、ズンッと力強く最奥《さいおう》に押し込まれた。

「んあっ！」

エヴァリーナの口から甲高い嬌声《きょうせい》が上がる。

そして、それを合図としたように、激しい抽送《ちゅうそう》が始まった。ガンガンと勢いよく腰を突き入れられ、エヴァリーナの腰が跳ねる。身体が上にずれ上がってもおかしくないのに、デメトリオに抱え込まれているせいで身動きもできない。

「やっ……はげしっ……」

（壊れるっ……！）

激しく突き入れられ、がむしゃらに身体の中を掻き混ぜられた。なのに、エヴァリーナの身体は歓喜に悶《もだ》える。

最奥《さいおう》へ勢いよく突き入れられるたびに、痺《しび》れるような快感が全身を満たしていく。

「ひぁっ、やっ、あっ、ん、あっ、リ、リオッ、激しい！」

「舌を噛むぞ」

額《ひたい》に汗を滲《にじ》ませながら、深い口づけを受ける。

息苦しくなる程口づけを交わしながら、ガンガンと腰を打ちつけられた。彼の背に回した手にぐっと力が入り、デメトリオの背中に爪痕《つめあと》を残す。デメトリオの腰に両足を強く巻きつけた。

「ん、ん、ん、ん！」

朦朧《もうろう》とした意識の中、白い階段が見える。まるで、それをすごい勢いで駆け上がっていくようだ。

止まらない。

止まれない。

（ああ、イッちゃう……！）

悲鳴のような最後の声は、全てデメトリオの口腔《こうこう》に吸い込まれた。

口の中に溢《あふ》れた唾液は、デメトリオが唇を離すと、くちり、と音を立て銀糸のように互いを繋《つな》ぐ。

「あ――」

酸素が足りない。呼吸が上手《うま》くできない。

はくはくと口を動かすエヴァリーナを見ながら、デメトリオは更に強く腰を突き動かす。それをエヴァリーナは本能で締めつけた。

（イッて……お願いだから、イッて……！）

声にならない願いは、すぐに叶えられる。

「くっ……」

デメトリオが漏《も》らした熱い呻《うめ》きの後、彼自身がエヴァリーナの最奥《さいおう》でグンッと跳ね上がる。一際大きくなったものが、一瞬で弾けた。ビクビクと小刻みに震えながら、中に熱を広げていく……。

エヴァリーナは身体の奥から満たされる感覚にうっとりとしながら、全身の力を抜いた。

デメトリオが汗だくの状態で、ゆっくりと覆《おお》い被さってくる。

「リーナ、気持ち良すぎる……」

少し恨めしそうに言われてしまった。

「その割にはなんだか不満そうだけど……」

「違う。もっと長く感じていたかったのに、リーナが気持ち良すぎるからもたなかった」

「えええ……」

そんなことを非難されても、エヴァリーナにはどうしようもない。それに、あれ以上、ずっと動かれていたら、どうなっていたか分からない。内心ホッとしたエヴァリーナだったが、すぐに身体の内側の違和感に気づく。

（え？　あれ？）

デメトリオはまだエヴァリーナの中に入ったままだ。けれど、その熱が、徐々にその硬さを取り戻している。

エヴァリーナはそろそろと腰を引いて、自分の中の熱い杭を抜こうとした。だが、その腰をガシリとデメトリオが掴《つか》む。

「抜くな」

「え……いやいや……だって」

「大切に抱くと約束しただろう？」

ニヤリとデメトリオが笑った。一度爆《は》ぜて余裕を取り戻した男は、エヴァリーナの胸を両手で下から揉《も》み始める。

同時に、エヴァリーナの中に入っていた杭が、ぐんっと更に大きく硬くなった。

「ちょっ……もう十分、してもらったから……」

「いいや、これからだ――」

壮絶な色気を纏《まと》わせて微笑むと、デメトリオはパクリとエヴァリーナの先端を咥《くわ》え込んだ。

「んっ……」

触れられていなかったにもかかわらず、すっかり昂《たかぶ》ったそこは、デメトリオが咥《くわ》えやすいように尖《とが》り、つんと上を向いている。デメトリオの口腔《こうこう》に収まったそれは、たっぷりと唾液を絡《から》められ舌で転がされる。

「あっ……んっ」

びくびくと甘い痺《しび》れが身体を襲った。デメトリオはエヴァリーナのたわわな両胸をぐっと中央に寄せる。

「あなたの胸は大きいから、こうして両方可愛がれる……」

そう言いながら、大きく口を開けて両方の乳首にむしゃぶりついた。

「ああああっ……」

じゅるじゅると音を立てて舌で転がされ、時折、歯を立てられる。

エヴァリーナは胸への愛撫だけで、あっという間にぐずぐずに蕩《とろ》かされてしまった。ふと気づけば、身体に入った杭が、その存在を主張してエヴァリーナの中でぐりぐりと動く。

そうされると、デメトリオが先程出した精液と、エヴァリーナの愛液が混じり合い、くぷりと股の間に溢《あふ》れてきた。

「随分、いやらしい身体になったね」

胸から口を離したデトメリオが嬉しそうに言った。エヴァリーナは顔を赤くして答える。

「あなたがそうしたんでしょ！」

「確かに、俺が教え込んだな」

くつりと喉奥でデメトリオが笑う。それは彼にしては珍しい笑い方だが、どこか淫靡《いんび》で、いつもの清廉《せいれん》としたデメトリオとは、違って見えた。

彼は両胸をリズミカルに揉《も》みながら、律動を開始する。

「んっ、あっ、あっ」

再び、エヴァリーナの口から喘《あえ》ぎ声が漏《も》れる。

先程、あれだけ高みに昇ったというのに、また身体が熱を持ち、デメトリオを最奥《さいおう》に導こうとする。

（また、きちゃう……）

空へ放り出されるような感覚に、デメトリオが連れていこうとする。

コンコンと最奥《さいおう》をデメトリオが突くと、甘い痺《しび》れが身体を貫く。

「ああ、子宮が下りてきているな」

嬉しそうにデメトリオがそう言った。そこで初めて、エヴァリーナは、今、最奥《さいおう》で彼に突かれているのが子宮なのだと知った。

赤紫の瞳と視線が絡《から》み合う。

そして、デメトリオはニッコリと、それは大層美しく笑った。

「このまま奥に注《そそ》いで、リーナを孕《はら》ませたいな」

「つな……！」

あまりにも明《あ》け透《す》けで雄の本能を剥《む》き出しにした言葉に、エヴァリーナは一瞬、呼吸を止めてしまう。

だが、浴びせられた言葉に、身体の方が先に順応した。

ぎゅんっと腹の奥が疼《うず》いたのだ。

デメトリオは直接、己《おのれ》自身でそれを感じたのだろう。

ビクリとわずかに腰を揺らした後、エヴァリーナを愛おしげに強く抱きしめる。

「ありがとう。嬉しいよ、リーナ」

「ち、ちがっ……あっ――！」

否定を言葉にするよりも早く、ぐんっと中で彼自身が更に熱く硬くなったのを感じる。

荒々しい律動がまた開始された。最奥《さいおう》にわざと当てながら、デメトリオが激しくエヴァリーナの身体を貪《むさぼ》ってくる。

角度を変えて抉《えぐ》られると、また別の快感が子宮に溜まる。エヴァリーナは快楽の渦《うず》に巻き込まれそうになるのを必死に堪《こら》えた。

気持ちがいい。愛し愛される相手とする性交は、今まで以上に気持ちが良かった。

全身が、エヴァリーナに感じろと命《めい》じているようだった。打ちつけられる杭の熱さに、身体だけでなく心までもが熱を持つ。

（すごく気持ちいい……）

うっとりと目を細めるエヴァリーナを見下ろしながら、デメトリオが笑う。

その顔は見惚《みと》れるくらい綺麗で、とても好きだと思った。

後は何も考えられなくなる。

出口はデメトリオが用意してくれている。エヴァリーナはそこへ向かって勢いよく飛び込むだけだ。

（あ――）

真っ白な光の先にあるものは、なんだったのか。

ただ、霞《かす》む視界の先に見えるのは、デメトリオの赤紫色の瞳だけで、全てをこの男で埋《う》め尽くされたのだと、分かった。

「愛している」

優しいキスがエヴァリーナに降ってくる。

エヴァリーナはその晩、たっぷりとデメトリオに愛されたのだった。

※　※　※

翌日。エヴァリーナは、アドルフォに呼び出された。

デメトリオと共にアドルフォの執務室を訪ねると、アドルフォは晴れ晴れとした笑顔で二人を迎え入れた。

「エヴァリーナ、此度《こたび》のこと、見事な裁きだったな。心より礼を言う」

エヴァリーナは露骨《ろこつ》に顔をしかめてアドルフォを睨《にら》んだ。

不敬だと分かっていたが、我慢《がまん》できなかった。

「やっぱり――全てご承知のことだったのですね？」

静かに問いかけると、アドルフォは「何を？」とわざとらしく聞き返してくる。

「あの日、塔や城の警備を、わざと手薄にしていましたね？」

中庭で襲われた時も、塔に向かう時も、衛兵をまったく見なかった。

そのことをとても不自然に思っていた。殺人事件があった王城で、あまりに手薄な警備は異常だ。

だからこそパオラが自由に動けたともいえるが、さすがに違和感を覚えていた。

アドルフォは頬杖をつきながら、エヴァリーナとデメトリオを交互に見つめる。

「手薄にはしたが、人員は配置していた。最悪の場合、お前たちが殺される前に犯人を殺すように指示していた」

「私たちを囮《おとり》に使ったんですか……」

だから夜会の折に、デメトリオとエヴァリーナの子供の話などしたのだろう。なぜ、アドルフォがあの場であんなことを口にしたのか、顔には出さなかったが訝《いぶか》しく思ったのだ。最愛の妻が不妊に悩むアドルフォであればこそ、子供の話はより慎重にするだろうに、あえてそう言ったことが甚《はなは》だ疑問だったのだ。まさかそれが撒《ま》き餌《え》だとは思いもしなかったが。

そう考えれば、アドルフォには誰が犯人か、その動機も分かっていたのかもしれない。

だが、アドルフォはそれを否定する。

「いや、本当に誰が犯人かまでは分からなかった。弟を疑うことも、その妻を疑うことも、セレナを疑うことも、本意ではなかったからな……まさかパオラがあそこまで追い詰められているとは思わなかったが……」

「私はむしろ、ステラッツリオ殿下の恋心を放置していた陛下にも非があると思いますが」

この王なら、ステラッツリオの恋心も分かっていただろう。もし、もっと早い段階で対処していたら、パオラがあのように心を病《や》むこともなかったはずだ。

「確かに最初にセレナを好いたのはステラッツリオだった。しかし、私もセレナを好きになり、セレナが想いを返したのは私だった」

「略奪愛ですか」

「人聞きの悪い。私は無理強《じ》いなどしていない。セレナにとって、ステラッツリオは古き友で、良き夫は私だったというだけだ」

「性格悪い」

「エヴァリーナ……」

あまりにも物おじせず暴言を吐くエヴァリーナに、さすがにデメトリオが口を挟んだが、アドルフォが「構わぬ」とそれを許した。

「今だけはどんな暴言も許す。そなたのお陰でステラッリオの初恋は過去のものとなり、セレナの負い目も消えた。歪《ゆが》んでいた関係が正しいものとなったのだ。そなたにはどれだけ礼を尽くしても足りぬ」

「もし、私がデメトリオを生き返らせることができなかったら、どうするつもりだったんですか……」

生き返らせることができたからこそ、今の未来がある。

「元よりデメトリオが生き返るとは思っていなかった。それがこうして奇跡を見せつけられ、私にも欲が出てしまったのだ。もしかしたら、最悪な結末を迎えなくて済むのではないか……とな。果たして、そなたは私の願いを叶え、再び奇跡を起こしてくれた。そのことに、私は王としても、この情けなくも愛しい家族の長《おさ》としても、心から感謝している。そして、すまなかった、エヴァリーナ。そなたのお陰だ。ありがとう――」

そして王は、その直後、深々とエヴァリーナに頭を下げた。

（ずるい――）

そんなことをされては、何も言えなくなってしまう。

エヴァリーナはなんとも言えない顔をした。顔を上げたアドルフォは、今度は国王としての処分をその口から語る。

「さて、パオラたちの処分だが、近く、パオラはシルヴィオと共に隣国へ留学することとなる。ステラッツリオは王太子位を返上し、王位継承権を放棄した上で、外交官として二人のもとに向かわせることにした」

「え、どうしてですか！」

既にエヴァリーナにとっては終わったことだったのに、二人が国を出ることに驚きを隠せない。

「確かにデメトリオが生き返り、パオラは何も覚えていない。だが、デメトリオを殺したという事実は事実だ。その罪は償わなければならない。ステラッツリオも妻の責任を重く受け止めていた。これはステラッツリオからの申し出でもあるのだ——おそらく万が一にも、またパオラが凶行を起こしてはならぬと思っているのだろう」

（あ、そういうことか……）

パオラのステラッツリオへの恋情は綺麗に消してしまったが、ここにはセレナがいる。万が一にも同じことが起こらないように、ステラッツリオは継承権を放棄してでも、家族を守ることを選んだのだろう。

「でも、それでは王太子が不在になってしまいます……」

「しばらくはデメトリオに王太子になってもらう。つまり、エヴァリーナ、そなたは王太子妃になる」

「え！」

まさかの展開に思わず声が出た。

「いやです」

間髪容《かんはつい》れずにそう続けると、アドルフォはニヤリと笑って、エヴァリーナに問いかける。

「ならば、犯人を見つけた褒美《ほうび》に、デメトリオとの結婚を回避するか？　今ならどんな願いでも私にできることなら叶えてやるぞ」

にんまりとアドルフォは笑った。

その顔は、エヴァリーナが何を一番に欲するか分かっている顔だった。

分かっていて、あえてそう聞いてくるのだから、本当にこの男は質《たち》が悪い。いや、そうでなくては一国の王など務まらぬのかもしれないが。自分の好きになった男が、この王に似てなくて良かったと、しみじみと思った。

デメトリオがこちらを食い入るように見ているのが、気配だけで分かる。

エヴァリーナが何を言うのか、デメトリオは気が気でないのだろう。

（あー、まったく……）

エヴァリーナはわざとらしく大きくため息を吐くと、アドルフォを睨《にら》むように見つめ、望みを言った。

「アドルフォ国王陛下。私が望むものはただ一つです」

「聞こう」

「デメトリオを私にください」

隣でデメトリオが息を呑んだ。エヴァリーナは自分の頬が赤くなっていくのを意識しつつも、はっきりとアドルフォに言う。

「この人を私の伴侶《はんりょ》として、ください。契約魔法なんて関係ない。名誉も何もいりません。ただ、この人だけが欲しい」

「エヴァリーナ……」

デメトリオがエヴァリーナの手をギュッと握ってきたので、エヴァリーナもその手を握り返した。その手が誰よりも優しくエヴァリーナに触れることを、今は知っている。

「よかろう。ただし、王位継承順は覆《くつがえ》せぬ。そなたには、少しばかり窮屈な思いをさせるかもしれぬが……」

「そうならないためにも、全力でもう一つの奇跡を起こせるよう、頑張ります……!」

「ん、もう一つの奇跡?」

アドルフォは一瞬何か考えたようだが、すぐにその奇跡に思い当たったらしく、破顔する。その顔は、やはりデメトリオとよく似ていた。

「そうだな、その奇跡、私も楽しみにしている」

鷹揚《おうよう》に笑った王は、その奇跡ばかりは神のみぞ知ると十分、分かっているのだろう。

「末永くこの国のために仕えてくれ」

アドルフォが晴れ晴れしくそう言って、謁見《えっけん》は終わりとなった。

エピローグ　魔女と王子の結婚

リンゴーン、リンゴーンと高らかに鳴り響く鐘の音。

デメトリオとの婚約から半年が経過した。

今日は二人の結婚式だ。

「エヴァリーナ様、足元にお気をつけください！」

リオネロがハラハラした顔でエヴァリーナの手を引く。裾の長い柔らかなドレスは、今にも足に絡《から》まって転んでしまいそうでうんざりする。

「どうしてこうなってしまったのかなあ……」

思わず、いつかどこかで呟《つぶや》いたことと同じことを呟《つぶや》いてしまう。

「自分の結婚式で何言ってんですか！」

呆れ顔のリオネロは、それでもどこか嬉しそうだ。きらきらとした顔でエヴァリーナの姿を見ている。

「もう式は終わったし、いいんじゃないかな。わざわざバルコニーでご挨拶《あいさつ》なんていらなくない？」

「王族の義務だと思って諦めてください」

「なりたくてなったわけじゃないのに……」

ううう……と泣きまねをしてみたものの、リオネロに通じるわけがない。

「もう、いっそ帰ってしまおうか。このまま森にでも」

「どうやって帰るんですか」

バルコニー手前の居室には、既に王族やらこの国のお歴々が準備万端で待機していた。デメトリオとエヴァリーナが最初にバルコニーに姿を現した後に、王族の皆も顔を出すことが式の後の慣例なのだそうだ。

「お待たせして申し訳ありません」

「いや、花嫁は衣装替えもするのだから仕方あるまい」

アドルフォが鷹揚《おうよう》に構えて言った。

「エヴァリーナ。すごく綺麗だ」

デメトリオが傍に寄ってきて、愛おしげにエヴァリーナを見つめる。今日の主役でもある彼は、式典用の礼装姿に数々の勲章を付けていて、やたら眩《まぶ》しい。まばゆいばかりの美丈夫《びじょうふ》ぶりだ。

「おめでとう、デメトリオ、エヴァリーナ。そなたたちの結婚、心より祝福しよう。これは国王としてではなく兄としての言葉だ」

アドルフォが満面の笑みでそう言い、その横でややふっくらとしたお腹のセレナが微笑んでいる。

「私もエヴァリーナが義妹になることを嬉しく思います」

あの後、三度程の施術でセレナは見事妊娠した。

エヴァリーナは三度目の奇跡を成《な》し遂《と》げたことになる。

セレナの出産は来年の春。性別は分からないが、どちらにせよ王太子となることは決定づけられた子供の誕生に、国中が喜んでいる。

これには内心、エヴァリーナもほっとした。結婚したら王太子妃扱いを受けるのは、さすがに荷が重すぎる。

「デメトリオ、エヴァリーナ殿、おめでとう。私達からも祝福させてくれ」

反対側には元王太子夫妻が立っている。ステラッリオは、現在は隣国で外交官として国のために尽くしている。隣国の風土が合ったのか、もしくは親子水入らずの環境が良かったのか、以前にも増して仲睦《なかむつ》まじい様子だ。

「おめでとう！」

三歳になったシルヴィオがキラキラとした顔でそう言った。

エヴァリーナも微笑んでお礼を言う。

「ありがとうございます」

温かな家族の笑顔に、エヴァリーナはあの時の自《みずか》らの判断が間違っていなかったことを実感した。

ワアアア……！　と外で歓声が上がる。どうやら、詰めかけた国民がデメトリオとエヴァリーナの登場を待ちかねているらしい。

「すごい声ね……リオの人気を侮《あなど》っていたわ……」

思わず嘆息すれば、リオネロが耳をピコピコさせて笑った。

「失礼ながら、それだけではないですよ」

デメトリオも苦笑する。どういうことだと首を傾《かし》げれば、リオネロが教えてくれた。

「今やエヴァリーナ様は、国家繁栄《はんえい》の象徴ですからね」

「はあ？　何それ！」

「これだけ子孫繁栄《はんえい》させておいて、よもや違うとも言えまい」

アドルフォがセレナの腹を撫でながらそう言った。

あれからリオネロは不妊に対する魔法式の完全な解読に成功した。その魔法式は今や国中に広まり、全てではないが、子供のできにくかった夫婦へ子供を授けることに成功していた。今や、魔女・エヴァリーナの名を知らぬ者はいないくらいに。

あれ程エヴァリーナのことを妬《ねた》んでいた魔女たちも、エヴァリーナの功績故《ゆえ》に、表だって彼女を誹謗中傷《ひぼうちゅうしょう》することができないようだ。

「本当に、そなたは我が国の救世の魔女だな」

しみじみと感じ入ったようにアドルフォが言ったが、エヴァリーナには自分がそれ程大きなことを成《な》し遂《と》げたという気はない。

たまたま、人のために行動した。

ただ、それだけのことに過ぎない。

「デメトリオ、行きましょう」

これ以上ここにいて、ムズムズするような言葉をかけ続けられても堪《たま》らないので、エヴァリーナはデメトリオをバルコニーへと促《うなが》した。

バルコニーが近づくにつれ、その熱気に思わずたじろいでしまった。だが、そんなエヴァリーナの腰にすかさずデメトリオの手が回され、心配そうに顔を覗《のぞ》き込まれる。

「行けるか？」

「大丈夫。リオがいるから」

バルコニーに顔を出すと、国民たちが王子と魔女の結婚を、諸手《もろて》を挙げて祝福していた。ワアアアと一際大きく響く歓声の中、エヴァリーナはやんわりと微笑んだ。

想像していた人生とは違ったが、こんな人生も悪くない——そう思った。

初めは契約で仕方なく一緒にいるのだと思っていた。死なせないために、割り切って性行為をすればいいと。

だけど今は、デメトリオの誠実なところも愚直なところも、みんながみんな愛しい。

契約とかそんなこととは関係なく、この人に生きてほしい。この人と一緒に生きたい。そう思っている自分がいる。

「エヴァリーナ、共に生き、共に死のう。決して私から離れないでくれ」

腰に回した手に力を入れ、デメトリオはエヴァリーナを引き寄せる。

もしかしたら、彼は先程、森に帰りたいとぼやいていたのを聞いていたのかもしれない。エヴァリーナはくすりと笑って、デメトリオを見上げた。

「そうよ、ずっと一緒。今日、私たちが結んだ契約ってそういうことでしょ？」

なんの代償もない婚姻という契約だが、その契約の重さは、寿命を半分に分ける契約とほとんど差はないのではないだろうか。

共に生き、共に死ぬ。

未来を約束する契約を交わした相手を見上げると、デメトリオは破顔した。

幸せそうな顔に、エヴァリーナの顔も柔らかく綻《ほころ》ぶ。

「愛している、リーナ」

真っ直ぐにそう告げてくる瞳を見上げ、エヴァリーナも言葉を返す。

「愛しているわ、リオ」

そして、どちらからともなくキスをする。

その日一番の歓声が、国中に響き渡った。


――こうして、末永く、魔女と王子は、幸せに暮らしました。

父の決めた相手と婚約した王女レイハーネ。その矢先、侍女を盗賊にさらわれてしまった。彼女を追って他国の宮殿にやってきたレイハーネは、奴隷《どれい》のふりをして潜《もぐ》り込む。すると、強面《こわもて》な王子ラティーフに気に入られてしまい――

婚約者がいる身なのに、甘く淫らに愛されて!?

砂漠の国を舞台にしたドキドキ蜜愛ファンタジー！

定価：本体1200円+税　　Illustration：北沢きょう

借金返済のため、王宮勤めをはじめた侯爵令嬢エスティニア。そんな彼女の事情を知った王子ラシェルが、高給な王子専属使用人の面接をしてくれることに！　彼に妖しい身体検査をされたものの、無事合格。仕事に励むエスティニアだったけれど……彼は、主との触れ合いも使用人の仕事だと言い、激しい快楽と不埒な命令で彼女に執着してきて――？

定価：本体1200円+税　　Illustration：里雪

甘く淫らな恋物語
Noche
ノーチェ
ノーチェ文庫
創刊!!
好評発売中!
シンデレラ・マリアージュ
Cinderella Mariage
偽りの結婚が
もたらした、
淫らな夜――
佐倉紫
Illustration: 北沢きょう
間違えた出会い
A Wrong Encounter
文月蓮
Illustration: コトハ
男装して
騎士団に潜入!
ところがそこで……
定価：各640円+税

榎木ユウ（えのき ゆう）
茨城県在住。「アルファポリス第7回ファンタジー小説大賞」特別賞を受賞し出版デビューに至る。趣味は読書。ホラーから恋愛ものまでジャンル問わず。最近はスマートフォンで電子書籍を購入する日々。毎朝、寝起きに一杯のお茶をかかさず飲む。

イラスト：綺羅かぼす

魔女《まじょ》と王子《おうじ》の契約《けいやく》情事《じょうじ》

榎木ユウ（えのき ゆう）

2016年 10月31日初版発行

編集－本山由美・宮田可南子
編集長－塙綾子
発行者－梶本雄介
発行所－株式会社アルファポリス
〒150-6005東京都渋谷区恵比寿4-20-3恵比寿ｶﾞｰﾃﾞﾝﾌﾟﾚｲｽﾀﾜｰ5階
TEL 03-6277-1601（営業） 03-6277-1602（編集）
URL http://www.alphapolis.co.jp/
発売元－株式会社星雲社
〒112-0005東京都文京区水道1-3-30
TEL 03-3868-3275
装丁・本文イラストー綺羅かぼす
装丁デザインーansyyqdesign
印刷－中央精版印刷株式会社

ISBN978-4-434-22575-8 C0093